子どもは「話し方」で9割変わる

福田《ふくだ》　健《たけし》

コスミック・知恵の実文庫

※この作品は二〇〇九年に経済界から刊行された
同名の書籍を加筆・修正し、再編集したものです。

はじめに

今日、コミュニケーションの取り方は、ますますむずかしさを増している。

職場はもとより、地域や家庭、とりわけ家族間でのその取り方が、きわめて重要な問題となりつつある。家庭という狭い生活空間の中で、コミュニケーションの取りにくい状況が拡がりつつあるからだ。

「共働きの親が多く、子どもと接する時間が少ない」

「夫は仕事に追われ、子どもとのコミュニケーションは妻にまかせっきりだ」

「技術の進歩で、家事の手間が省けるぶん、母親は子どもに細かいことまで口出しする」

「少子化が進み、家の中での話し相手はきわめて限られている」

「親の中には、コミュニケーションが苦手で、子どもや近所の人との会話がうまくいかない者も少なくない」

などなど。あなたは親として、また大人として、子どもとのやりとりはうまくいっているだろうか。まずは以下の設問で、チェックしてみてほしい。

□疲れて帰っても、元気よく「ただいま」と声をかけているか

□近所の人に自分からあいさつしているか

□一日一回、家族と会話の時間を設けているか

□「ダメ」と言う前に、理由を説明しているか

□自分一人、喋《しゃべ》っていないか

□親として、自分の気持ちを正直に伝えているか

□妻から相談された場合、面倒がらずに相談相手になっているか
□学校や先生の悪口を子どもの前で言っていないか
□忙しくて話が聞けないとき、「あっちに行ってなさい」と、追い払っていないか
□言葉だけでなく、奥にある子どもの気持ちを聞き取れているか
□家族で決めたルールを子どもが破ったとき、厳しく叱っているか
□できないことを叱るより、できたところをほめているか
□子どもに意見を言うように促《うなが》しているか
□いじめにあったとき、「いつでもお前の味方だよ」と、子どもを支えているか
□勉強の出来不出来で、子どもを評価していないか

これら十五問の内容は、すべて本書で触れている。まずどこに問題があるか、見きわめたうえで、親として、大人として、自《みずか》らのコミュニケーションの改善・向上に努めたい。

次の時代を担う子どもたちを、「コミュニケーションの未熟児」のまま、社会に放り出すことのないように、親が、大人がコミュニケーションのセンスとスキルを磨く。大人が変われば、子どもも変わるのだ。

本書は、次の二つの特徴を備えている。

第一に、親と子のコミュニケーションの問題を中心に説きながら、職場における問題にも説明を及ぼしている。両者には、共通した側面が多くあるからだ。

第二は、「親と子のコミュニケーション」と題するアンケートに、六十名にも及ぶ方々から回答をいただき、それらを読み込んで、親と子の生の声として、本書の各所に引用させてもらっている点だ。

アンケートの一枚一枚に目を通しながら、私はあたかも短編小説を読んでいるような気分を味わった。そこには、親と子ならではの愛憎のドラマが、繰り広げられていたのだった。

本書の執筆に際して、多くの方々のお世話になった。アンケートの作成及び協力者への依頼に奔走してくれた野村美佐枝さんに、まずお礼を言いたい。そして、アンケートの回答者のみなさんにも感謝したい。また、話し方研究所のスタッフからも協力を得た。多くのみなさんに、心からお礼申し上げる。

本書は「親と子のコミュニケーションの取り方」を軸にして述べたものだが、あなたとあなたの周囲の人たちとのコミュニケーション能力の向上にもお役に立てるのではないかと考えている。もしそうであれば、こんな嬉しいことはない。

文庫化にあたってひと言
――あいさつはあいさつを呼ぶ

「あいさつをする子どもに育てたい」

こんな親の要望に応えるべく、百人ばかりの母親の前で講演をしたことがある。子どもがあいさつをしない。その原因はなんだろうと、そのとき、立ち止まって考えたところ、鹿児島市に勤務になった四十代の男性の話を思い出した。

「当市に来て、最初に気づいたのは、子どもが元気よくあいさつをしてくれることでした。小学生も中学生も、道で出会うと、見知らぬ私に、『こんにちは』と元気よく声をかけてくれるんです。なんともすがしい気分になって、私は上機嫌になっている自分を知りました」

あいさつはあいさつを呼ぶ、といわれる。

子どもがあいさつをしないのは、実は親があいさつをしないことに原因がある。親が気軽にあいさつしている姿を見て、子どもは自分からあいさつするようになるのである。

いま、私は十六階建てのマンションの一室に住んでいる。ここでも、親があいさつしているところの子どもは、例外なく、元気のよいあいさつをしている姿を見かけるのである。

あいさつを例にとったが、子どもにとって親は話し方の見本となる存在である。親が話し上手なら、子どもも話し上手、コミュニケーション上手に育っていくのである。

この場合、話し上手というのは、「ペラペラと口達者に話す、お喋り上手」のことではない。人の話をよく聞き、相手のことを理解したうえで話のできる人のことをいう。

親はまず、子どもの話に耳を傾けることから始めるようにしたい。そうすれば、子どもは安心して話すことができるようになる。これはコミュニケーションの基本である。

本書は、親にとって必要なコミュニケーションの基本的な原則から、「わかりやすい話し方」「ほめ方・叱り方のノウハウ」までを、具体的に実例を交えて書いたものである。

幸い、多くの方に読んでいただき、この度、文庫本として、再度、みなさんの前に登場することになった。さらに、たくさんの方に読んでいただき、話し上手の親になってくだされば、それだけ子どもも話し上手に育っていくことになる。

そのために本書がお役に立てれば、こんな嬉しいことはない。

福田《ふくだ》　健《たけし》

子どもは「話し方」で9割変わる・目次

第1章

「あいさつ」次第で、子どもの人生は変わる

●家庭・友だち・学校の人間関係にスグ効く

第2章

子どもの「考える力」を引きだす話し方

●運を開き、人格が磨かれ、魅力的な「良識ある大人」になる

第3章

〝抜群に伸びる子〟の親はみな「聞き上手」

●「愉快でたのしい子育て」&親育ての重要ポイントはココ！

第4章

〝成長する脳〟へと進化する「ほめ方」「叱り方」

●誰からも愛され、どんなことにも自信を持つ

第5章

子どもは「親の話し方」で9割変わる

編集協力／もみじ社

第1章

「あいさつ」次第で、子どもの人生は変わる

●家庭・友だち・学校の人間関係にスグ効く

「あいさつ」は人間関係をつくるコミュニケーション

一日の好スタートを切るために

休み明けの早朝、自宅からバス停に向かう途中、下水道工事が行なわれている場所を通った。工事はまだ始まっていなかったが、作業服を着た中年男性が二人、立ち話をしていた。横を通りかかった私は、背の高いほうの人と目が合った。彼は笑顔を浮かべ、

「お早うございます」

と、声をかけてきた。そして、

「ご迷惑をおかけします」

と、つけ加えた。私も立ち止まって、

「お早うございます」

と応じ、

「大変ですね」

と、ひと言加えた。

「いつまでかかるんですか？」

「三週間の予定です」

こんなやりとりを交わして、その場を離れたが、いい気分を味わった。その気分はバス停まで続き、間もなくやってきたバスに乗り込むとき、運転手さんに、

「お早うございます」

と、上機嫌で声をかけたものである。

「お早うございます」と、たったひと言、声をかけられただけなのに、それは私の心を浮き浮きさせてくれた。一日の始まりである朝、あいさつがあると、人は好スタートが切れるのだ。

職場でも、ドアを開けて、

「お早う」

と、明るく爽《さわ》やかな口調のあいさつとともに、上司が姿をあらわすと、空気が

明るくなる。

「いやあ、間違って、女性専用車に乗りそうになって、若い女性に注意されちゃったよ。ハハハ」

屈託《くったく》なく笑う上司に、部下が問いかける。

「で、どうしたんですか？」

もう一人の部下が、たたみかけるように言う。

「そのまま乗った？」

「さあね」

と、笑いながらかわす上司。

こんなやりとりが交わされれば、一日のスタートは上々だろう。

コミュニケーションの二重の働き

コミュニケーションの働きは、単に事柄を伝えるだけに限らない。人との交わり、心の交流を図るためにも行なわれる。人は特に用事がなくても、話しかけ、言葉を交わすことがある。

タクシーに乗る。目的地を告げれば、到着して降りるまで、特別用でもなければ、黙っていてもよさそうなものだが、私はよく話しかける。

「今年は暖冬なんだろうかね、運転手さん」

「暖かいけど、急に冷え込む日もあるから、なんとも言えませんね」

「景気のほうは、すっかり冷え込んでいるけど」

「まったくね」

なんのために、こんなやりとりをするのか。赤の他人でも、言葉を交わすことにより、お互い、親近感を抱くからである。

S・I・ハヤカワ氏は、『思考と行動における言語』（岩波書店刊）の中で、次のように述べている。

「黙っていないようにすることは、それ自体コトバの重要な機能である。社会では人は何か『話すべきことがある』時にだけ話す、というわけにはいかない」

朝の出勤時、近所の奥さんの姿を見かける。話すべきことがないからと、黙ってやり過ごすわけにはいかないのだ。

「お早うございます。よく晴れましたね」

見ればわかることでも、こんなふうに言い、相手も、

「今夜あたりから、寒くなりそうですね」

などと応じる。

お互い、なんでもないことを話し合い、それによって親しみを確認する。ここでのコミュニケーションの目的は、情報の伝達ではなく、心の交流である。

あいさつとは、それによって心の交流を促し、お互いに親しみを増していくための、人間的なコミュニケーションなのである。とはいえ、

●面倒くさい

●用もないのに話すことはない

●忙しくてそれどころじゃない

という人が増えて、あいさつする人が少なくなったら、どうなるか。満員電車

の中のように、体と体は密着しているのに、心の触れ合いのない、孤独な状態に陥《おちい》るのではなかろうか。

人間は元来、孤独な存在である。孤独から抜け出し、人との交わりをつくるのがあいさつの役割であり、コミュニケーションの重要な機能でもある。その機能を活用することもないまま、「あいさつしない、あいさつできない」人間が増えてしまうと、人々は孤立し、協力して物事を達成する力が衰えてしまう。

先日のことだが、ランドセルを背負った小学二、三年生くらいの女の子が、電車の中を無言で人をかきわけて、次の車両に移って行った。こういう子どもは、最近、珍しくない。大人があいさつしなくなった結果とも言える。

親の仕事とは、子どもが社会に出て、人と協力して物事を成し遂げる力を身につけさせることだ。子どものためにも、まず大人が進んで人に声をかけ、あいさつするように努めることである。

大人があいさつを復活させる。それが子どもにも及ぶことになる。

「あいさつをする人」が少なくなった二つの理由

失われた心の余裕

あいさつをしない理由の一つに、「忙しくてそれどころじゃない」という声もある。これは、「他人のことなんか、考えている暇はない」ということでもある。

作家の井上ひさし氏に、次のような言葉があったと記憶している。

「達成すべき課題が多すぎて、会社でも街頭でも、人々は軽い話題どころか、あいさつもしなくなった」

その結果、

「課題達成にばかり目が向き、相手への関心を失い、心が通わなくなっている」

というのである。

〝会社〟では、それぞれ自分の目標達成に忙しく、一緒に仕事をする相手に無関心になっている。単なる人の集まりでなく、チームとして結束しなければならい場所なのに、一人ひとりが他人の仕事に関心を持たなくなりつつある。

朝の出勤時に交わされるあいさつもおざなりで、声を発している程度にすぎない。出社すると、すぐにパソコンの前に座って、メールの確認に忙しい。

〝街頭〟ではどうか。

ある女性は、アンケートの中で「母親からの影響」について、こう語っている。

「幼稚園くらいの頃、母親と出かけた先で、目の前におばあさんがうずくまっていました。みんなはそれを素通りしていたのに、母はすぐに駆けつけ、状況を聞いて、通りのタクシーを停めて、病院に連れて行きました。その頃は、何がなんだかわかりませんでしたが、いま思うと、あのときの母の『迅速な対応はさすがだな』と……」

すぐに駆け寄った母親の姿は、幼い子どもの心に強く残ったが、いま、こういう大人の姿は滅多にない。

近頃、よくこんなシーンに出くわす。

向こうからクルマがやってくるので、脇によって通り過ぎるのを待つ。だが、クルマを運転する人は、まったくの知らん顔で走り去ってしまう。以前は、短くクラクションを鳴らしたり、片手を上げたりして、「ありがとう」の意をあらわしてくれたものだが、いまや完全な無視。

「お先にどうぞ」と、脇によってくれる人の好意に、何の反応も示さないとは、

「随分じゃないかなァ」

と、タクシーの運転手に話しかけると、

「いまじゃ、当たり前だからね。気にならないわけじゃないけど、仕方がないですよ」

とあきらめ顔。

「でもねえ。横に乗っている子どもはどう思うかなァ。ママが笑顔で手を上げて、お礼のあいさつをすれば、そうするものだと、子どもはわかるんじゃないですかね」

エレベーターに乗ろうと走ってくる人のために、「開」のボタンを押して待っている。だが、当人からはひと言のあいさつもなし、といった場面も珍しくない。

息を弾《はず》ませながら、

「ありがとう。助かりました」

などのひと言があったら、エレベーターの中も明るくなるだろう。

こうした〝他人を無視〟する風潮が大人の間に広まると、お礼のあいさつをすること自体、知らない子どもが増えるだろう。子どもはやがて、お礼のあいさつのできない大人になる。

他人の好意を無にすれば、ツケは自分に回ってくる。そのことを、お礼のあいさつの実践を通じて、子どもにわからせるのは大人の役目だ。

ますます強くなる警戒心

コミュニケーションを取るという行為は、リスクを伴うものである。人に話しかけるのも例外ではない。

人はさまざまで、そのうえ、人の心は不安定である。話しかけたからといって、常に親しみが生まれ、良好な関係ができ上がるとは限らない。それどころか、声をかけた結果、

- いやな顔をされる
- 攻撃される
- 無視される

という場合もあり得る。そこで、いやな思いをしたり、被害を被《こうむ》るのを警戒して、リスク回避をする人々が増えてくる。いまの世の中、いい思いはしても、いやな思いはしたくないという人が多く、いやな思いをすることへの警戒心が過度に膨《ふく》れ上がっている。

あいさつする人が少なくなった第二の原因がここにある。

日本の社会も以前に比べたら、物騒になってきた。「突然、大声でわめき散らす」「刃物を振り回して、見知らぬ通行人を襲う」「子どもを連れ去って、殺害する」などなど、恐ろしい事件が起きて、人々の警戒心をさらに煽《あお》り立てている。

かくして、「滅多に声なんかかけるものじゃない。何をされるかわからない」とばかり、自分の殻《から》に閉じこもる。

とはいえ、危険な社会だからといって、それでよいのだろうか。危険な社会に暮らしながら、気軽に笑顔で話しかけてくるアメリカの人は、そうすることで、「私はこのとおり、危険な人間ではありませんよ」と、相手の警戒心を和《やわ》らげているのだろう。

フレンドリーな態度で人と接しつつ、相手を見極めていく知恵が、いまの日本人には求められる。大人がそうした力を磨けば、子どもに教えることもできるだろう。

ひと言のあいさつで〝心の距離〟が縮まる

人は警戒心と親近感をあわせ持つ

先日、東京都世田谷区の中学校から講演を頼まれて出かけていった。そのときのことである。校内の廊下を校長室に向かって歩いていると、三人の女子生徒とすれ違った。間もなく、彼女たちの囁《ささや》く声が耳に入った。

「ねえ、ねえ、あんな場合、あいさつすべきかなァ」

「したほうがいいと思うけど」

「でも、しづらいよね」

彼女たちはすれ違った私に対して、あいさつしたものかどうか、迷っていたらしい。本当は通り過ぎる瞬間、私のほうから、「こんにちは」と声をかければよかったのだが、言いそびれてしまった。そこへ、彼女たちの囁く声が、なんとも微笑《ほほえ》ましく伝わってきたので、これを逃す手はないと振り返って、

「こんにちは」

と声をかけた。彼女たちも、

「こんにちは」

と、あいさつを返してくれた。

「何年生ですか?」

「二年生です」

口を揃《そろ》えて答え、笑顔を見せた。私に親しみを感じたようだった。人は他人に対して、警戒心ばかり抱くわけではない。同時に親近感も持っているのだ。

◉挨拶の種類とあいさつの言葉

行きずりの人に

- 目があったら……目礼・笑顔
- 道を譲ってくれた……会釈 ➡「ありがとうございます」
- エレベーターを待っていてくれたなど……お辞儀 ➡「助かりました」
- ぶつかりそうになった……お辞儀 ➡「ごめんなさい」「すみません」

お客様に

- 出迎えるときは……お辞儀 ➡「いらっしゃいませ」「こんにちは」
- 見送るときは……お辞儀 ➡「またおいで下さい」「さようなら」

知り合いの人に

- 近寄ってきたとき……立ち止まって一礼 ➡ 笑顔とともに「おはようございます」「こんにちは」
- 遠くで見かけたら……軽く頭を下げる
- 先日お世話になった……立ち止まってお辞儀 ➡「この前はご馳走さまでした」「昨日はありがとうございました」などと、きちんとお礼を言うこと。

相手の〝親近性〟を育てる三つの方法

人間同士というものは、見ず知らずの間でも、根本的に親近性を持っている存在である。

人は一人ぼっちでいても、出会いの予感を心の中に抱いている。出会えることへの期待が、親近感となって心を動かすのである。

警戒心の強い人でも、半面で親近性が見え隠れしている。

相手の持つ親近性をどう引き出し、育てるか。次の三点に注目したい。

①相手に関心を持つこと

②相手を明るく受け入れる態度を保つこと
③相手の話を生かしていく努力をすること

自分のことに関心を持ってくれ、気にかけてくれる人がいれば、誰でもその人に親しみを覚え、好意を抱く。半面で無視されるのを警戒もしている。

①は、親近性を育てるための出発点であり、関心を持って話しかける、その取っかかりとなるのは「あいさつ」にほかならない。

②の「相手を明るく受け入れる」とは、相手を否定しないで見ていくことである。相手に対して、「気取っている」「口うるさそう」「虫が好かない」などと否定すれば、たちまちそれは相手に伝わり、警戒心や敵意を呼び起こす。

誰にも虫の好かない相手がおり、気分のよくないときがある。そういう場合には、無理に接することはない。気分のよいときに、相手の長所に目を向けて、話しかけていくことだ。

③は、自分のことばかり喋らず、相手に話を振ったり、相手の話を中心に会話をしたりすることである。

「いい天気になって、気持ちがいいですね」

「ウチはあまり日当たりがよくなくて……。それより、昨晩のテレビ見ました？　モンスター・ペアレントなんて、ひどい親もいたものですね。私、以前、お客様相談室で仕事をしていたんですが……」

　こんなふうに一方的にお喋りを続けると、警戒される。先に相手の話を聞く。自分の話は、そのあとですればよい。

育児不安を和らげるには

「育児不安」は、日本に特徴的な現象であるという。確かに、育児をめぐる状況には問題が多い。

　第一に、少子化が進み、子どもは一人ないし二人、多くて三人である。

　第二に、夫婦と子どもだけの核家族が普通になり、祖父母と同居し、親戚の人や隣近所の人たちが頻繁に出入りするといった大家族は、一部の存在になってしまった。

第三に、育児は妻だけの仕事ではないのに、夫は会社の仕事に追われて帰りが遅く、大半は妻に任されている。

妻は誰の手助けもなく、一人で子育てをしなくてはならない。育児は母の手で、といっても、たくさんの人に囲まれていた昔と、たった一人のいまとでは、母親の負担に大きな開きがある。

「子どもが言うことをきかない」「育てるのに自信がない」「夫は話を聞いてくれない」など、母親は一人でイライラしたり、落ち込んだりして、育児不安に陥るのである。

この状況を少しでも和らげるには、外の世界に目を向けて、外部とのコミュニケーション通路をつくることである。近所の人たちに気軽に声をかけ、進んであいさつをする。集まりがあれば顔を出し、周囲の人たちと親しい関係をつくっていくのである。

その際、先の「親近性を育てる方法」の三項目を活用するとよい。

「話が苦手で……」「人づき合いがヘタですから」などと、尻込みしたくなるかもしれない。

でも、大丈夫。よく晴れた気分のいい日、近所の人たちが立ち話をしている頃合いを見計らって、外に出て、笑顔で話しかけてみるとよい。話しにくくしているのは自分だった、と気づくだろう。声をかけ、何度か話しているうちに、話を聞いたり、相談に乗ってもらったりする友人もできてくる。

人と交わる経験を重ねれば、母親も少しずつ、逞《たくま》しくなっていくだろう。

なぜか多い「あいさつベタ」のお父さん

不機嫌な顔で帰宅していないか

多くの会社では、人員の削減に加えて、成果主義制度が導入されている。人々はこなしきれないほどの業務を抱えつつも、高い成果達成を求められる。

多忙を極める毎日で、疲れて帰ってくるから、大半の父親は、「ただいま」と暗い声と表情のまま、家に入る。以後、家族との会話も沈みがちだ。

コンピューターの技術開発に携わるEさんは、真面目《まじめ》で几帳面《きちょうめん》な人柄である。物事が予定どおりきちんと運ばないとイライラする。相手の仕事が遅れたり、急な仕事が入ってきてイライラがつのり、つい気むずかしい顔になり、家に帰ったときは疲れも手伝って、暗い表情で、

「ただいま」

とひと言だけ。一人っ子の男の子は、いつともなしに、父親ってあんなに不機嫌なものかと思うようになっていた。

奥さんは、

「あれで結構、子どものことは気にしているらしいんですけどね。だったら、帰ってきたときくらい、元気よくあいさつしたら、と言っているんですが、なかなかね」

と、戸惑い気味だ。

「仕事でいろいろ気をつかっているんだから、家に帰ってまで、機嫌よくあいさつしろって言われてもね」

それに加えてEさんは元来、〝あいさつベタ〟なのである。勤務先でも、元気

よくあいさつするタイプではない。

疲れているうえにあいさつが苦手。家族だからそのくらいわかってほしいとの思いが、Eさんにないだろうか。

でも、ちょっと待ってほしい。奥さんだって疲れて帰ってきたうえに、育児の負担がのしかかっている。また、外で遅くまで遊んだり、祖父母とお喋りをするといった経験のない子どもがたくさんいる。

帰宅したお父さんの「ただいま」という明るい一声は、家族が何より求めているひと言だと自覚したい。それに明るいあいさつは、自分自身をも明るくしてくれるのである。

隣近所の人に声をかける

母親は、あいさつをして隣近所の人と仲良くしておく必要性を実感しているから、自分から声をかけようと努力する。朝、出勤時に、お母さん方が何人かで立ち話をしている。呼び止められたら大変というような場合でも、

「お早うございます」

と声をかけ、すぐさま、

「行ってきます。遅刻しそう」

などと言って、足早に立ち去る術《すべ》も身につけている。

これが父親となると、隣近所の人には、まず声をかけない。というより、関心がなく、近所の人とすれ違っても声をかけないか、声をかけたとしても、いたって事務的だ。


私はかつて職場の仲間から言われて、いまでも記憶に残っているひと言がある。

「福田さんは、必要としている人にしか、声をかけないいんですね」

言われてみると、そのとおりだった。話しかけるのが面倒で、できれば何も言わずにすませたいという思いが強かった。したがって、必要な人以外は、声をかけていなかったのである。弱点をつかれたようで、ドキッとしたものである。と同時に、会社の労働組合の委員長だったSさんのことが頭に浮かんだ。

彼は行く先々で、誰彼《だれかれ》のわけ隔《へだ》てなく気軽に声をかけて、みんなから親しまれていた。委員長なのだから、支店に行った際などは、店長に会って話をすればそれで用はすんでしまう。ところが、わざわざ現場に顔を出し、一人ひとりに声をかけ、冗談を飛ばし、彼らの話に耳を傾けていた。なかなかできないことと感心ばかりしていないで、見習うべきだと思った。

仕事以外の場でも、事は同じであろう。そこに人がいるなら、自分から声をかける。あいさつの苦手なお父さんは、自宅から駅までの途中に出会う、近所の人たちに声をかけることから始めるとよい。最初は一人か二人でもいい。追い越すとき、「お早うございます」などと、声をかけてみたらどうだろう。やがて、馴《な》れてくるものだ。

父親が明るく弾んだ声で、「行ってきます」「ただいま」とあいさつすれば、子どももそれを見習うようになる。なにより、子どもだって、不機嫌なお父さんより、明るいお父さんのほうがいいに決まっている。

「あいさつぐらいしなさい」と強要する前に！

誰でも言われてやるのは嫌い

若い後輩の家に遊びに行った。家に上がらせてもらうと、男の子がドアを開けて出て行こうとしていた。彼の奥さんが慌てて声をかけた。

「あいさつぐらいしなさい。福田先生ですよ」

「ボク、友達に会いに行くんだもん」

「こんにちはぐらい、言えないの」

あとで聞いたら、小学六年生だという。もしかしたら、「こんにちは」と言おうとした矢先に、母親からあいさつを強要されて、言いづらくなってしまったのかもしれない。それに「福田先生」などと言われても、〈いったい、なんの先生？〉と疑問に思うだろう。奥さんは、話し方の講師という肩書きに気をつかったのだろうか。

「いつもはあいさつをするのですが……」

と、すまなそうな顔をした。

「私も子どもの頃は引っ込み思案で、あいさつができなくて、よく叱られました」

と、言葉を返したが、一般に親には二通りのタイプがあるようだ。すぐに答えを言ってしまうタイプと、言わないで示唆《しさ》して、自分で答えるように導くタイプ――。

来客にお土産《みやげ》をもらった場合、

「ありがとうございます、でしょう」

と、答えを言ってしまう親と、

「ヒロ君、なんて言うんだっけ？」

と、話しかけて気づかせる親とあって、子どもの自立のためには後者がよいと、よく言われる。

むずかしい理屈はない。誰でも、言われてやるのはいやなものだ。親は見栄や体面から、客にきちんとあいさつするわが子の姿を見せたいのに、戸惑っている子どもにいたたまれず、

「あいさつぐらいしなさい」

と、答えを言ってしまう。子どもは内心では、〈そんなことくらい、わかっている〉と思っている。そこへ、

「こんにちはぐらい、言えないの」

と催促されて、よけい言いづらくなる。

子どもにきちんとあいさつができるようにと親が望むのは、当然のことである。とはいえ、その都度、

「ご馳走《ちそう》さまでしょ」

「ありがとうは」

「こんにちはって、言うんでしょ」

などと強要するのはどんなものか。親のイライラした気持ちが、これらの言葉をとげとげしい非難の言葉に変えてしまう。次ページの図のように、もっと、いろいろな選択が考えられる。

◉あいさつのできる子にするためには

① 親が毎日、見本を見せる

●子どもと一緒に外を歩いているときなど、親が先手で近所の人に「こんにちは」とあいさつしてみせる。

② 子どもの様子を見ながら促す

●目を見て一呼吸おく。無言で促し、子どもが口を開くのを待つ。

③ 子どもに問いかける

●「ね、ひと言あいさつだよね。なんて言うんだっけ?」などと質問で促す。

④ 来客の前に連れていく

●「はい、ごあいさつは?」と背中を押す。

⑤ 大声で一発かます

●「こら、あいさつしなさい!」などと明るく大声でどやしつける。

反発して「言わなければやらない」子どもに

親と子のコミュニケーションがうまくいっていれば、客の前で親が「あいさつぐらいしなさい」と言って、子どもがそっぽを向いたところで、どうということもない。

「仕様がない子だね」

と、親がたしなめるのを、こちらは微笑ましい光景として、眺《なが》めていればよい。子どもが親に甘える余裕があるからだ。

要は頻度の問題で、毎度のように、このセリフが親の口から飛び出すとなると、子どもの心に反発、抵抗が生じて、「言わなければやらない」態度となって、根づき始める。

大人でも、言われてやるのはいやなものだ。いまやろうとしている矢先、上司から催促される。

「企画会議の準備にかかったらどうなんだ」

「ええ、わかってます」

「わかっていたって、実行しなければ仕様がないだろう。大体、いちいち言わなければやらないようじゃ、困るんだよ」

いちいち言われるから、うるさくなって、やる気になれない部下。そんな気持ちを察知できない上司はいくらでもいる。

「企画会議の準備、どうなっている?」

こう問いかければ、部下も答えやすい。

「実はいま、とりかかろうとしているところです」

「いいタイミングだね」

こんなやりとりに変われば、部下も気持ちよく準備にかかることができる。

きちんと「返事をさせる」ちょっとした工夫

「話せば聞いているはず」は思い込みにすぎない

コミュニケーションが成立するためには、単に発信するだけでは充分ではない。発した言葉が相手に届いていなくてはならない。相手が話を聞いていて、はじめてコミュニケーションは成立する。

言い換えれば、コミュニケーションを成立させるのは聞き手であって、話し手ではない。なんだか、当たり前のことを言っているようだが、

「話したのだから、当然、聞いているもの」

と思っている人が、結構いるのである。自分が話したのに、相手が聞いていない。

「それは、聞いていない相手が悪いんだ」

こう決めつける人もいる。

どうやら、送り手の側になると、受け手のことを忘れてしまうらしい。受け手でいるとき、常に話を聞こうと待ち受けているなどということは、あり得ないことだ。

むしろ、たいていの場合――。

●うっかり聞き漏らす
●適当に聞き流す
●ぼんやりしていて、聞いていない
●ほかのことが気になり、聞いていられない
●話し手に対する反発、反感から、故意に聞かない。無視または拒否する

さらに大人の中には、

●聞いている振りをして、聞いていない

といったずるい人もいる。これらを考えれば、「話せば相手は聞いているはず」が、いかに安易な、一方的な思い込みであるかに気づくだろう。

発信＝受信ではないのだ。受け手が耳を貸して、聞く気になってくれるようにするためには、話し手は、発信の仕方を工夫しなくてはならない。

「ハイ」に応じて発信を工夫する

父親が子どもを呼ぶ。

「おい、ケンジ」

返事がない。イラ立って、

「返事ぐらいしたらどうだ！」

と語気を強める。呼んだら返事をするものだと、決めてかかる態度が、ここでも姿をあらわしている。

まず第一に、呼ぶ、すなわち話しかけるとき、相手の状態を確かめる。職場で上司に声をかけるとき、いきなり「部長」とは言わないだろう。何をしているか、どんな状態かを確かめてから声をかける。わが子の場合も同じなのだ。

呼んで返事がない場合でも、「返事ぐらいしたらどうだ！」では、かえって返事をしたくなくなる。そこで第二に、こんなふうに呼びかける。

「おーい、聞こえたか」

聞こえていて返事をしなかったとすれば、子どもは、

「ごめん、なんだい、父さん」

と、応じてくるだろう。

「あいさつ」が発信の第一歩なら、「返事」は受信の第一歩である。話し手からのメッセージを受けとめたという印であり、その後のメッセージを聞こうか聞くまいかを、「ハイ」という短いひと言で示したのが返事である。

「ハーイ」と間のびした返事は、呼びかけに「仕方なく」「いやいやながら」応じたことをうかがわせる。こんな返事をされると、親はつい、

「なんだ、その返事は！　元気よく『ハイ』と言えないのか」

と、非難したくなる。私も以前、よくこんな文句を口にして、子どもを不快な気分にさせたものだ。

「どうした？　なんか元気がないようだな」

「別に」

「お前にちょっと頼みたいことがあるんだが、あとにするか」

ニヤニヤしながらこんなふうに言うと、子どもはつられて、身を乗り出してくる。

「なあに、頼みたいことって？」

「あとでいいよ」

「かまわないよ、いまでも」

人間、あとでいいと言われると、なんだろうと不思議に中身を聞きたくなったりする。

返事には、子どもの心があらわれる。だから、子どもの心を読み取る手がかりでもあるのだ。おろおろしたり、腹を立てたりしないで、子どもの様子をよく観察することだ。

たかが返事、されど返事

「たかが返事の一つくらい」と思いたくなるが、返事とは案外、油断ならないコミュニケーションである。

●よい返事をされると、気分がよくなる
●返事が悪いと、イライラしてくる
●返事がない場合、聞いていないものとみなす

子どもも知恵がついてくると、故意に、「ハイ」「わかりました」と、打てば響くような返事をして、大人をいい気分にさせたところで、こう切り出すようになる。

「お願いがあるんだけど……」

承知していて、その手に乗る親もいる。

話しかけて気のない返事をされると、怒り出す人もいる。

「ちょっと……。私、あなたに相談しようとしているのよ。もういいわ、子どものことは、私一人でやりますから」

妻は夫に話すきっかけを、自ら投げ出してしまう。夫にも問題があるが、返事の仕方に過剰に反応しないことだ。

一方、子どもにしても、返事がないから聞いていないかというと、そうとも限らない。聞いていない振りして、聞いていたりする。意外に大人を観察しているのである。

こんなとき力を発揮するのが〝先手のあいさつ〟

不利なときこそ先手を取れ

以前、「あいさつは先に言ったほうが勝ちだ」と人に言われて、〈本当かな？〉と思ったことがあるが、どうやら嘘《うそ》ではないらしい。

力の弱いものが強いものに向かっていこうとすれば、真っ先に考えるのは、「先手を取る」ことである。立ち合いで先手を取り、自分の得意な形に持ち込めば、平幕力士でも横綱に勝つことができないわけではない。先手を取ることで、力の差が縮まるからだ。

同様の現象はほかにも見られる。先手を取ると、心理的負担が軽減されるのだが、実は私も実践しているのだ。

このままでは原稿の仕上がりが、締切りまでに間に合わない。編集者に催促されて、苦しい言い訳をするのは、いかにも心理的負担が大きい。そこで、いくらかでも負担を減らそうと、先手で、

「申し訳ない、間に合いそうにないんですよ」

と、詫《わ》びを入れてしまうのである。

「そうですか。で、いつ頃になりますか?」

先方も譲歩してくれる。

「十日までには、なんとか」

「では、十日ということで」

これで、一安心。その代わり、十日までには必ず仕上げる。場合によっては、一日前に書き上げて、連絡すると、

「早かったですね。ありがとうございました」

などと、お礼を言われたりする。原稿の締切りには遅れたのに、「早かったで

すね」と言われるのは、先手のあいさつのお蔭である。

人づきあいも先手のあいさつで

子どもが一人だけだったりすると、母親としては、家の中で子どもと二人っきりのことが多い。誰かいてくれたらと思うが、夫は仕事でほとんどいない。

「近くに親戚もいませんしね。私一人で頑張ったところで、イライラがたまるばかりですから」

ある母親はそう言って、さらに続けた。

「結局、他人のお世話にならないと、やっていけないんですよね。ですから、人とのつき合いを大切にしています。道で会ったり、エレベーターで一緒になったりしたら、必ず先手で明るく、あいさつするようにしています。

コンビニで見かけたら、こちらから声をかけるんです。人懐っこくして、お魚はどこのお店がおいしいかとか、野菜はどこが安いかとか聞いたりして、仲良くなるようにしています。

そうすれば、たとえば子どもが熱を出したときなど、頼み事もできますしね。子どもにも言っているんです。よそのおばちゃんに会ったら、必ず先にあいさつするようにって。それから、お菓子をもらったりしたときは、ちゃんとお礼を言うようにって」

他人の世話にならないと、生きていけないとの思いが、この母親を支えているようだった。

「もう一つ。近所のおばちゃんから、何かいただいたら、必ず報告するのよ、とも言い聞かせています。報告してくれないと、そのおばちゃんに、お母さんがエレベーターの中で会っても、お礼が言えないでしょう。お母さんがお礼を言えば、『タカヒロ君はしっかりしてるのね』とほめられるから、お母さんだって嬉《うれ》しいもんね。こう言ってやるんです」

確かにもっともな話だが、ふと思いついて、

「タカヒロ君が、お母さんに言わなかったりしたら、どうします?」

と質問すると、

「そのときは、バシッと叩いてやります」

と言って笑っていた。

人の世話にならないと生きていけない、と心に決めて、仕事と子育てを両立させているこの母親は、明るく気さくな中に、逞《たくま》しさが感じられて、〈なかなかのお母さんだ〉と感心した。

とはいえ、誰もが、いつも先手のあいさつができるとは限るまい。三十二歳の女性は、アンケートの中で、母親の意外な一面を見た思い出として、次のように書いている。

「井戸端会議を嫌って、玄関の覗き穴から、『まだいるわ』『早くどっか行かないかな』と、近所のオバサンたちを見て、出かけるタイミングをはかっている姿を見たとき」

この母親は、普段は気軽に話す人なのではなかろうか。その人でさえ、立ち話をしている人たちを敬遠する。

でも、彼女は同じ母の思い出として、「電車の中の悪そうな高校生を叱って黙らせたこと」を挙げ、「さすがだな」「すごいな」とも記している。自分はこうすると、心に決めたとき、人は強くなるのかもしれない。

「先手のあいさつ」も、億劫《おっくう》だったり、いやだったりしても、あいさつすると決めたなら、思い切りよく実行することだ。実行を重ねる中で、心の底に自信のようなものが蓄積されてくる。そうなれば、先手のあいさつはいっそうの力を発揮する。

近頃、心に決め、すなわち肚《はら》を据《す》えてものを言う父親の姿を見かけなくなったように感じるが、これは、私の思い過ごしだろうか。

「あいさつ」のできる子は人に可愛がられる

子どもの評価を左右するのがあいさつ

大人の目には、あいさつをきちんとする子どもは好ましく映るようだ。

「近所の中学生の男の子です。会うといつも気持ちのいいあいさつをしてくれます。当たり前のことですが、自分の子どもも、そんなふうにあいさつができる人に育ってほしいと思う瞬間です」

アンケートにこのように書いてくれた人がいるかと思うと、あいさつしてくれない子どもへの、こんな失望の声もある。

「マンション内で、すれ違ったり、エレベーターなどで会ったときに、あいさつをしても、返事がなかったりしたときは、淋しかったです」

子どものあいさつは大人を喜ばせ、あいさつがないと淋しい思いにさせる。子どもが大きくなって、社会人になったとき、

「近頃の若い連中は、あいさつも満足にできない。いったい、どうなっているんだ」

などと言われないためにも、あいさつのできる子どもに育てるのが、大人の仕事である。

子どもは親のあいさつを見て育つ

あいさつする子どもとしない子どもでは、いったいどこが違うのだろうか。

朝、寝ぼけ眼で子どもが起きてくる。

「あいさつしなさい」

父親が言う。母親も横から口を出す。

「お早う、でしょう」

子どもはしぶしぶ「お早う」。父親が再び注意する。

「声が小さいぞ。もっと大きな声で」

子どもからすれば、なんだか楽しくない。

子どもが「お早う」と言わなくても、母親が明るい声で、「お早う」とあいさつ。顔を上げると、そこには母親の明るい笑顔がある。そこへ父親からも声がかかる。「お早う」。子どもも目がパッチリあいて、「うん、お早う」。

毎朝、こんなやりとりが続くうちに、子どもは朝、家族と顔を合わせたら、元気よく「お早う」とあいさつするものだと覚える。

講演が終わって、控え室で主催者の人たちからお茶をご馳走になっているところへ、

「ちょっとよろしいでしょうか」

と言って、五十代中頃の男性が入ってきた。

「先生の『あいさつを見直す』というお話を聞いて、共感を覚えたものですから、ひと言と思いまして……」

東京の国分寺市で会社を経営しているというこの男性は、次のような話をしてくれた。

「私も、会社の周囲のご近所の方々や、駅までの途中でお会いするみなさんには、必ずあいさつしています。社員の人たちにも、そうしてもらっています。

地元の人たちと仲良くなって、みなさんから、あの会社はいい会社だと、受け入れられるようでないと、本物ではないと思うからなんです。

私があいさつを大事にしているのは、子どもの頃、母から受けた影響によるも

のです。私の母は、一緒に外を歩いていると、通りすがりの人から、あいさつをされるんですね。ほかの人にはそうしないのに、母に会うと誰もが声をかけてくるんです。不思議に思って聞いてみたら、

『わからないの？　お母さんがずっと以前から、みんなにあいさつをしてきたからよ。お前も、人に会ったら、あいさつするといいよ。そのうち、みんながお前に好意を持ってくれるよ。人は大事にしないとね』

とのことでした。あのときの母の言葉は、いまでも覚えています。実際、母は人を大事にしていました。誰かがやってくると、どんなに忙しくても、いやな顔ひとつせず、相手をして、せっせともてなすんです。

そういう母の姿を見て育ったものですから、人に会ったら必ずあいさつしようと、今日まで実践してきたのですが、福田さんからあいさつが大事だという話が出て、わが意を得たり、と思った次第です」

社長とは握手をして別れた。

あいさつができる子どもは、親があいさつをしているのである。その影響を受

けて、自然と子どもはあいさつを身につけていくのである。

かつてYさんという、話し方の講師がいた。Yさんは夜、十時頃になると、どこにいても、必ず自宅に電話を入れる。

「いま、湯島で福田さんと一杯やっている。十一時には帰るから」

といった具合だ。そのYさんの長男も、父親と同じように、出先から自宅に電話をするという。

「私は一度も、そうしろなんて、言ってないのにね」

でも、Yさんの顔は満足そうだった。

人が集まる場所には連れて行く

二歳の男の子を、集まりがあると一緒に連れて行く母親がいる。お花見があると、子連れでやってくる。

「おとなしくしてるのよ」

などと注意しても、子どもはじっとしていない。大人の間を歩き回る。

「可愛いね」「いくつかな?」「お名前は?」などと声をかけられ、子どもは大人と話し始める。母親は、わが子をできるだけ多くの大人に触れさせて、人と話すことの訓練をさせているようだ。

父親も休みの日、子どもを連れて近所を散歩したり、公園に一緒に行って遊んだりすることだ。そして、近くの人に話しかけ、子どもを中に入れて、お喋りを楽しむ。

かつては家の中にいても家族が多かったから、話し相手に不自由しなかった。いまは、家にばかり閉じこもっていたら、一人ぼっちになって、誰とも話す機会がなくなる。

親はもっともっと、人の集まる場所に子どもを連れ出そう。

第2章

子どもの「考える力」を引きだす話し方

●運を開き、人格が磨かれ、魅力的な「良識ある大人」になる

「親のひと言」で子どもは変わる

小さい頃に聞いた親の言葉

不況が厳しさを増す中、採用関係の取材をしている雑誌の記者に、

「大変でしょう。これからは取材の機会が減るでしょうし、求職者の不安を刺激しないことも大切でしょうし……」

と、声をかけたら、

「ええ。でも、ピンチはチャンスなんですよね」

と、明るくさらっとしたひと言が返ってきた。三十歳前後の女性だが、いかにも自然に口から出てきたひと言に、すがすがしさを感じたものだ。彼女は小さい頃、この言葉を親から聞いたのだという。

「この機会にいろいろ勉強して、これまでの勉強不足を補います」

なるほどと、教えられたのは私のほうだった。

それで思い出したのが、その前日にテレビを見ていたときのこと。大手自動車メーカーの下請けのまた下請けで、注文が一挙に四割も減ってしまったという会社に、テレビの取材が入った。

「これから、どうします？　売上げが減りますよね。人件費などを削減しますか？」

との質問に、三十代後半の男性幹部社員が、

「大変だし、厳しいですけど、こういうときは、どこも苦しいんだと思います。大変なのはどこも同じですから、なんとか工夫して、乗り切るつもりです」

と、はっきり言い切っていたのが、印象に残った。

「苦しいのはどこも同じ」

なかなか言えないひと言であろう。この彼も、ひょっとしたら、親からこれに近い言葉を聞いて育ったのかもしれない。親の言葉は、たったひと言であっても、子どもの生涯に渡って影響を及ぼすことがある。

予想をはるかに越えた「ひと言」の力

親が発するひと言が特別の力を持つのは、「わが子」という対象に向けられた言葉だからであろう。

四十三歳になるMさんは、若い頃に、「人が信じられない」時期があった。何かにつけ、「疑ってかかってしまう」自分がいて、人間嫌いに陥るのではと不安だった。そのことを父に話した。すると、父はこう答えてくれた。

「お互い、そのような感覚を人は持っていてよいのでは、と思う。なぜなら、みな、個々に完璧ではないのだから……」

父のこのひと言で、Mさんは自分を含め、世間がいやでなくなった、と記している。この話から、私にも次の言葉が浮かんできた。

「人類について知れば知るほど、期待することが少なくなった。そうして、以前よりは楽な気分で、人をいい人だと呼べるようになった」

ピーター・ベンチリー著、鎌田三平訳『大統領の切り札』（光文社刊）の中に、サミュエル・ジョンソンの言葉として引用されている。

若い頃、私は、相手――上司だったり、好きな女性だったり――に、理想像や完璧な姿を期待してしまい、期待とは異なる相手の現実の姿に、不満や疑念を抱いてイラ立っていた。つまり、楽しくない人生を送っていたのである。年月を経て、この言葉に接して安堵《あんど》したが、若い頃に父親から言われたMさんが、ちょっとばかり羨《うらや》ましくもある。

私は小学校四年生のときに父を亡くした。少ない父との思い出の中に、こんなシーンがある。

いまからはるか昔にタイムスリップして、六歳か七歳の頃。玄関脇の土間のようなところで、なぜか父と二人で、じゃがいもの芽をむしり取りながら、話をしていた。

「いつかお前が大きくなったとき、こうしてお父さんと二人、話したことがあったなァ、と思い出すことがきっとある」

父がそう言ったことを、父の言葉どおり、私はときどき思い出すのである。

中学や高校の頃、父との対立、葛藤《かっとう》を通じて、父の弱い部分、醜《みにく》い言動などに触れた経験がないゆえに、人に対して理想像を求めてしまうのかと、いま、思ったりしているのだが……。

いずれにせよ、親と子はコミュニケーションを通して、影響しあい、親は自分の人生を子に差し出す。そこから何を受けとめ、どう解釈するかは、子どものすることである。

よかれと思って発したひと言が、常に子どもにプラスに働くとは限らない。だが、親の予想をはるかに越えて、子どもに大きくプラスに作用することもありうるのだ。

子どもは思うとおりに反応しない相手

子どもは自発的学習者

作家の司馬遼太郎氏は、講演の中で、次のように述べている。

「人間の一番人間らしい状態にあるのが子どもです」

子どもは、まだ寝たきりの赤ちゃんのときから、目と耳と触覚を働かせて、しきりに自らの好奇心を満たそうとする。

やがて這《は》い回り、立ち上がり、歩き出すにつれ、活動はますます積極的になり、ものをつかみ、持ち上げ、放り投げる。テレビのスイッチを押したり、外れているソケットを差込口に近づけて、差し込もうとしたりする。誰に教わったわけでもないのに、ちゃんとわかっている。つまり、自ら学習して覚えたのだ。

親が抱き上げて、ストンとソファに落としたりすると、面白がって、「もう一回、もう一回」と、何度となくせがむ。繰り返しやるたびに、子どもは何かに気づき、発見し、そのあいだ、子どもの脳には歓喜のドーパミンがあふれるのだという話を聞いた覚えがある。

大人に教えられてではなく、自分で学習して成し遂げたことへの満足感が、子どもを夢中にさせ、さらに新たな学習へと駆り立てる。

ある母親は、子どもが一歳くらいのとき、面と向かって話していると、子どもがこちらをジッと凝視しているのに気づいた。いったい、どこを見ているのだろうと、注意していたところ、口元を見ている。それも怖いくらいに真剣に見るので、〈あッ、そうか〉と気がついた。

「私の口のあけ方を見て、言葉を覚えようとしているんですね。以来、口をはっきりあけて話すようにしました。そのせいか、言葉を口にするのが早かったですね」

子どもはこのように、賢い母親に助けられながら、自らの力をどんどん伸ばしていくのである。

脚本家、山田太一氏の著書『親ができるのは「ほんの少しばかり」のこと』（PHP研究所刊）に、こんな話が載っている。

「以前、ぼくが二階の部屋で原稿を書いているとき、まだ三歳くらいだった次女が相手をして貰いたくて、二階へ上ってくるのです。『よいしょ、よいしょ』と鼻息荒くのぼってくる。音が聞こえるんです。できるだけそういう時は相手をしてあげようと思っているのですが、急ぎの時や集中している時もあるわけです。スーッとドアを開けて『パパ』といって、ぼくが『ウン』と返事をするだけで察するんです。それにはびっくりしました。

（中略）

不思議だなあ、どうして分るのかなあ、と思いました。それで、口でいったりすることの奥の、もっと深いものを読み取る力が子どもにあるんだなあ、と内心畏れのようなものを感じました」

なぜ父親の心中がわかるのか。子どもは、大人が手放してしまった〝察知力〟を備えているからだろうか。

冗談が思いがけない結果をまねく

話の意味は聞き手が決定する。話し手が意図したとおりに伝わるわけではない。

話したとおり伝わらないからと、

「私はそういう意味で言ったのではない」

「ちゃんと聞いてなければ困る」

などと相手を責めても始まらない。どう受け取るかは、相手が決めることだからだ。とはいえ、相手の受け取り方も、時間とともに変化する。

子どもも反抗期のときには、

「そんなこと言われても」

と反発するが、月日がたつにつれ、親の言ったことの意味がわかってきたりする。

「『類は友を呼ぶ』って言葉を知ってるか？　父親から、高校のとき（中学かもしれません）、何かのことがあって、こう言われたときに、友達のこと悪く言わないでよ！　とか、私は大丈夫だから！　などと反抗期のせいもあり、言っていましたが、いまになると、本当にその言葉の意味がわかるようになりました」

（アンケートより）

親は、いずれ時がくればわかるだろうと念じて言う場合もあるが、大概はわかろうがわかるまいが、とにかく、「言わなきゃならん」と思って、言葉を投げつける。そして、通じないと、イラ立って子どもを叱りつける。

繰り返すが、話したから通じるというわけではない。結果は、相手の受け取り方しだいなのである。親は冗談のつもりで言ったのに、子どもが思いがけない受け取り方をして、結局、話が伝わらないということもあったりする。

昔は子だくさんの家庭が多かった。親が冗談に、

「お前は、橋の下から拾ってきた子だ」

とよく言ったりしたものである。兄のほうはそのまま冗談として聞き流すだろうが、幼い弟のほうは〈まさか？〉と思いながらも、結構気に病《や》むだろう。

いまの時代、こんな冗談を言う親はいないはずだ。とはいえ、軽い気持ちで、からかい気味に言う冗談でも、子どもは真に受けて、困った結果にならないとも限らない。

「子どもの頃、父が、『ナスを食べると、お父さんみたいに、ガラガラ声になっちゃうぞ』と冗談に言ったのを真に受けて、成人するまでナスを食べたことがなかった」（アンケートより）

子どもは一番人間らしい存在である。その特質は、好奇心旺盛で、こちらの思っ

ている以上によくわかっているかと思うと、冗談を真に受けてしまう存在でもある。子どもと話すとき、この特質を充分に承知しておくことである。

コミュニケーションを支える三条件

コミュニケーションとは何か

毎日のように使われ、すっかり馴染んでしまった「コミュニケーション」という言葉、そのわりには意味内容が曖昧《あいまい》で、明確にとらえられていないのが現状ではなかろうか。そこで、私の定義を紹介しよう。

「コミュニケーションとは、お互いに、相手を認識し、理解し、尊重して行なわれる、メッセージの交換過程をいう」

右の定義にもとづいて、簡単な注釈を加えておく。

①**「お互いに」**――話し手は聞き手を、聞き手は話し手を、双方が相手をということである。

②**「認識する」**——相手の存在を認めること。目の前に人がいるのに、物でもどけるかのように、押しのけて降りていく乗客は、相手を無視しているのである。向こうから人がやってくるので、ドアを開けて「どうぞ」と待っているのに、相手はまるでこちらが存在しないかのように、無視して前を通り過ぎる。その人がこちらを見て、「どうも」とひと言って、軽く頭を下げる。この瞬間、相手と自分との間にコミュニケーションが生まれるのである。子どもの話を聞く場合でも、相手を認識することからスタートする。

③**「理解し、尊重する」**——相手を知らなければ話はできないし、また、理解できなければ、話は聞けない。一歩進めれば、理解できないことを理解しようと努めるのが、コミュニケーションである。

若い人の中には、

「自分に理解できないことは、価値のないことである」

などと発言する者がいる。大人でも子どもの話をちょっと聞いただけで、

「お前は何もわかっていない」

と、決めつけてしまう人がいる。いずれもコミュニケーション拒否の姿である。

④「メッセージの交換過程」——話したり聞いたりのやりとりのプロセスがコミュニケーションである。話す一方、聞く一方ではやりとりにならない。

やりとりを活性化するための三条件

定義によってコミュニケーションの本質が明らかになったところで、親と子の間で、楽しく、生き生きとコミュニケーションが行なわれるための条件について、触れておく必要がある。

第一の条件は、「双方向性」である。

時代の変化とともに、「黙っていてもわかる」から「話さなければわからない」へと、コミュニケーションの取り方も変わった。ただし、あまりにも〝発信〟に重きを置きすぎると、誤解や混乱が生じる。

その最たるものが、一方的な発信である。前述のように、コミュニケーションは双方向のやりとりだから、いくら上手に喋ったところで、やりとりを欠いた一方的な発信はコミュニケーションではない。

子どもが何か言うと、

「いいから、お母さんの話を聞きなさい」

と、自分の話を一方的に押しつけるのでは、コミュニケーションは止まってしまう。子どもに教える一方ではなく、聞く耳を持って、子どもから教わる。関係の双方向性が、お互いを育むのである。

発信の時代だからこそ、喋りすぎないこと。話しながら聞き手に回り、聞きながら話し手に回る。この入れ替えが上手にできるようになろう。

第二の条件は、「水平性」である。

上司、先生、親は、〝上から目線〟でものを言いがちである。相手と同じ目線でのやりとりが「水平性」の条件である。

かつて『大草原の小さな家』というドラマがNHKテレビで放映されていたことがある。主人公はローラという、明るくて利発な女の子。母が姉の試験に付き添って一泊するので、留守の間、ローラが家のことを任されることになった。

「じゃ、行ってくるからね。頼んだよ」

そう言われて、ローラは元気よく「大丈夫」と、胸を張って答える。家の掃除にご飯の支度。父親との二人きりの夕食。後片づけも終わり、眠る時間になると、さすがのローラも、

「母さん、いま頃、どうしているかしら。私、淋しいわ」

と、心細くなる。そのとき、父親のチャールズがなんと応じたか。あなたなら、こんな場面で、どんな声のかけ方をするだろうか。彼は、

「うん、父さんもだ」

と言って、ローラの肩に手を乗せるのだ。いいシーンだった。私だったら、娘に、

「お父さんは淋しくなんかないぞ。お前も来年は小学生なんだから、しっかりしなさい」

などと、〝上から目線〟で、偉そうな言い方をしかねない。

さて、第三は、「対面性」である。

いま、ここという特定の空間での、面と向かったやりとりが、コミュニケーションの「対面性」である。

子どもの少ない家庭では、母親は狭い部屋の中で、一人あるいは二人の子どもと向き合って、毎日を過ごす。そして、コミュニケーションのやりとりをする。親が忙しそうだったり、不機嫌な顔つきだったりでは、子どもは居心地が悪く、だからといって逃げ場もない。場の空気を風通しのいい状態にするのも、話し手に課せられた工夫の一つになる。

以上、三つの条件を、時折、振り返りたい。

子どもには「目」で語りかける

目を見ないのは無視することと同じ

誰もが自分のことを気にかけてほしい、と思っている。無視されたいと望む者を探し出すのは、並大抵のことではない。

とりわけ子どもは、自分が周囲からどのように思われているか、ということには敏感である。親もそうした子どもの気持ちはわかっている。好んでわが子を無視しようなどと考える親はどこにもいない。とはいえ、育児で悩んだり、疲れ果てたりしたとき、母親が、

「あんたなんか、産むんじゃなかった」

などといったひと言を、思わず口にして、子どもを悲しませてしまう。でも、すぐに気がついて、「ごめんね」と抱きしめれば、無視にまでには至らずにすむだろう。子どもにしてみれば、〈いったい、どっちなの?〉と目を白黒させるかもしれないが、どちらも親の姿であることに変わりはない。

注意しなければいけないのは、気がつかずに、無視してしまうことである。たとえ無意識の行為であっても、話し手が、

●目をそらす

●目を伏せる

●顔を上げないで話す

などをすると、相手は無視されたと感じてしまうのだ。

話し手に悪意など少しもない。ちょっとした無精、あるいは人見知りから、顔を上げなかったにすぎないにしても、相手は無視されたように感じてしまうのだ。

したがって、話すときには、意識して相手の目を見るようにしたほうがよい。

話すというのは、ただ言葉を発すればよいというものではない。言葉を相手に届けなくてはならない。相手が言葉を受け取るのを見届けて、初めて話したことになるのである。目配りというのは「目を配ること」、すなわち目を配って、言葉の到着を見届けることである。

「見る」と「見つめる」の違い

研修や講演の講師として、人前で話すのが私の仕事である。うまく話せる場合もあるが、失敗もたくさん重ねてきた。中でも、印象に残る失敗として、次のような経験をした。よく覚えているのは、それだけ身にこたえたということだろう。

入社して二年目の、若くてやる気に満ちた人たち四十名を前に話をした。熱心に聞いてくれ、「顔を上げ、明るい表情を向ける」「要所でしっかりうなずく」「ポイントはきちんとメモを取る」「面白ければドッと笑う」など反応もよく、私も手応えがあって、話しやすかった。

中でも、私から見て左側の前から三列目にいる彼はよくうなずき、身を乗り出すように聞いていていた。

ただ一人だけ、右後方の席にいる男性の、元気がなく、反応に乏しい姿が気になった。そのため、彼に元気になってもらおうと、何回となくアイ・コンタクトを送り、目配りをした。その甲斐あってか、徐々にだが、表情も明るくなり、うなずくようにもなってきた。

五十分話したあと、休憩を取った。前から三番目の、よくうなずく彼が近づいてきて、

「先生、ちょっといいですか?」

なんだろうと思って、「どうぞ」と促すと、こう訊《き》かれた。

「先生はどこを見て、話をされていましたか？」

「どこを見て？　もちろん、みんなのほうを見て話していたけど」

なぜ、こんなことを聞くのだろうと思いながら、彼の顔を見て、

「キミは、何度もうなずいてくれていたね。うなずいてくれるというのは、話し手にとって、嬉しいものでね」

と言うと、彼はホッとした表情をした。

「よかった。私は、先生が私のほうを見てくれてないんじゃないかと思って、一生懸命うなずいて、サインを送っていたんですが、わかってくれていたんですね」

「もちろん」

と答えたものの、反省させられた。熱心にうなずいてくれていたので、彼は大丈夫だと安心して、油断したのだ。そのため、うなずきは「こちらを見てほしい」との合図だったのを見落としていたのである。

目を向けただけでは、目を見て話したことにはならない。

小学生のとき、私は三度転校した。一回目の転校では、クラスに溶け込めないで苦労し、学校を休んだりした。

二度目の転校のとき、先生は授業の初めに名前を呼んで出席を取るが、「福田君」と私の名前を呼び、後ろのほうの席にいる私に、まっすぐに目を向け、きちんと目を合わせてくれたのである。翌朝も、「キミがそこにいるのはわかっているよ」と、目で語りかけながら、こちらを見て「福田君」と呼んでくれた。不思議にその学校では、三日もしないうちに、クラスに溶け込めたのである。

見つめるとは、子どもを受けとめることなのだ。

「話し方」は言葉がすべてではない

子どもは親の姿を見て育つ

電車の中などで、母親と娘が並んで座っているのを見て、

〈親子って、本当に似るものだな〉

と、感心することがある。子どもからすれば、「親に似て……」と言われた場合、プレッシャーになることもあるだろう。

話し方にしても、親と比較したものの言い方をしがちだが、要注意である。

中学生の頃、母親の、

「お母さんの子どもなのに、どうして数学ができないのかしら」

のひと言で、家出しようかと思ったという女性もいる。

その後、彼女は数学が不得意のままだったのか、それとも、一念発起して得意科目になったのか、興味のあるところだが、残念ながら、その続きは聞いていない。

子どもが親に似るのは、もとより遺伝によるものだろう。とはいえ、生活環境の影響も大きい。

チャーリイ・チャップリンは、両親とも芸人だった。幼少の頃、両親は離婚し、チャーリイとその兄は、母親の手で育てられる。だが、母親がノドを痛め、満足に声が出なくなって、舞台に立てなくなるにつれ、収入が減り、極貧の生活を送ることを余儀なくされる。貧しくとも、二人の兄弟は、母親の愛情をたっぷり受けて育っていく。

「バラ色の頬とすみれ色の眼——シドニイとわたしは心から母を愛していた」

シドニイはチャーリイの兄であり、子どもたち二人は、母を心から愛していたのだった。中でもチャーリイは、母が本を読んでくれたり、一緒に窓際に座って道行く人を眺めながら、いろいろな話を創作して聞かせてくれるのが大好きだった。

チャーリイは、母が身振り手振りを入れて話すのを、うっとりして聞きながら、その姿を目に焼きつけて育ったのである。このあたりの事情は、中野好夫訳『チャップリン自伝』（新潮社刊）に詳しい。

人は目から受ける刺激に弱い

目から受ける刺激に「弱い」とは、目から入る刺激に大きく影響されるということだ。

わが家は、妻も私も片づけるのが苦手で、部屋中、散らかし放題の状態にあった。客が来ると聞いて、慌てて部屋の片づけを始めるのだが、そんなことは月に一度か二度あるくらいだ。

子どもたちの目には、散らかっている部屋の光景が焼きついて、そのままインプットされてしまっているらしく、長女、長男とも、親の悪い癖を、それは見事に引き継いでいる。

「たまには部屋を片づけたらどうだ」

子どもの部屋を覗《のぞ》いて、文句を言うと、

「お父さんの部屋は、もっと散らかっているじゃないの」

と、反論される。

「人のことより、自分のことが先だろう」

と言いかけて、〈あッ、これは私のことだ〉と気づいたりする。

小さいときに目に入った刺激は強烈で、原体験となって一生続くのだ。きれい好きな子どもに育てようと思ったら、親が家の中をいつもきれいに片づけて、子どもの目に映る部屋の光景を、きちんと片づいた状態にしておくことである。

ついでながら、妻は洗濯好きで、一日二回、洗濯するのも珍しくない。彼女は、

「洗濯するものはないですか？」

「それ、洗濯しちゃったほうがよくないの？」

と始終、こんな言葉を口にする。結婚してマンションに住んでいる娘が、そんな母親の姿を見て、洗濯好きの女に育った。

言葉以外でのやりとり

コミュニケーションは、言葉でのやりとりが中心になる。とはいえ、言葉以外にも、「目は口ほどにものを言い」で、表情、ジェスチャー、姿勢など、非言語もコミュニケーションのやりとりに加わってくる。加わるというだけでなく、言葉を上回る影響力を持つ場合もある。


四十四歳の男性は、父親から受けた影響で、一番大きいものとして、

「何も言わなくても、ちゃんと伝わることがあるということ」

を挙げている。小学生の頃、工作の時間に作った作品を家に持って帰ると、母

親はよくできたものには、

「あんたは、これがうまいのね」

とほめてくれたが、父親は何も言わずに、作品を部屋の中に飾ったそうである。

言葉でなく、行動や態度で気持ちを伝える父親のやり方はほかにもあった。

彼の父親は、普段口数が少なく、黙ってソファーに座っていることが多かったが、無言で子どもたちに語りかけていた。

〈さあ、ここにお座り〉

〈よし、肩の上によじ登ってもいいぞ〉

と。いまもそんな光景を思い浮かべることができるという。

いま大人であるあなたも、目をつむると、かつて子どもの頃に目にした親の姿が浮かんでくるのではないだろうか。人間には、目の前にないものをイメージとして浮かべる能力が備わっている。親の姿は、イメージとして子どもの心に長く残るのである。

"自覚を促す"には説明してわからせる

理由をわからせる

ある郵便局での光景である。

カウンターの隅の一段低くなったところに、水槽が置いてあり、中で熱帯魚が何匹か泳いでいた。そこに五歳くらいの男の子が近づいてきて、熱帯魚の泳ぐのを眺めていたが、そのうち手を水槽の中に入れ、魚をつかみ取ろうとした。

気がついた母親は、子どもの横にしゃがみこんで話しかけた。

「ね、わかるでしょ。このお魚はあなたのものじゃないのよ。ここに来るお客さんみんなが眺めて、楽しむためのものなの」

子どもは手を水槽に入れたまま、母親の顔を見た。母親は笑顔で言った。

「わかるわね。それと、お魚は生き物だから、手を突っ込んだりすると、怖がって、ほら、端っこに逃げて行っちゃったわ」

子どもの目を見て、母親はもう一度、「わかったわね」と念を押した。その子は、「うん」とうなずいて、水槽から手を出した。

三十歳前後の若いお母さんだったが、感心させられたものだ。とかく、

「ダメよ。郵便局のおじさんに叱られるよ」

と、理由を説明せずに、こんな言い方をする人が多いのではなかろうか。

子どもだからと、「やめなさい」「お店の人に怒られるよ」などと、一方的に言い渡して、わからせる努力を怠っていないだろうか。子どもだからこそ、何事にも理由があり、物事はその上に成立していることをわからせるのが、大人の役割のはずだ。

理由、根拠について説明するには、自分でまずそのことを理解していなくてはならない。あやふやな理解ですませていたのでは、説明に苦しむことになる。子どもに理由をわからせるのは、親の勉強でもあるのだ。

ときには、理屈で説明しにくいものもあるだろう。三歳の女の子から、

「ママ、しあわせって、なに？」

と質問をされたお母さんは、ちょっと考えてから、

ろうか。

「こういうことよ」

と言って、その子をぎゅっと抱きしめたそうである。あなたなら、どうするだ

親自らが視野を拡げて気づかせる

大人は経験へのとらわれから、子どもは経験の少なさから、視野が狭くなって悩むことがある。視野を拡げるとは、別の見方、別の可能性に気づかせることなのだ。

母親が振り込め詐欺《さぎ》にあったO君は、友人に、

「なんてバカなんだ。自分の母親ながら、あきれてものが言えない」

と言ってぼやいた。すると友人は、こう答えた。

「母親をバカ呼ばわりするのは、間違っているぞ。悪いのは、お前じゃないのか」

子どもと離れて暮らしている母親は、いつも、〈息子はどうしているか、元気でやっているだろうか〉と心配し、心淋しい思いをしているはずだ。息子のほうは、なんの便りもせずに、知らん顔を決め込んでいる。そんな矢先、電話がかか

ってくる。

「オレ、オレだよ、母さん」

こんな切羽《せっぱ》詰まった声を耳にしたら、どんな気持ちになるだろうか。

友人はO君に言った。

「息子を騙《かた》った別の男ではなんて、考える余裕は、どこかへ吹っ飛んでいる。振り込め詐欺については、お前だって知ってただろう。だったら、なぜ、母親に電話の一本も入れてやらなかったんだ。月一回くらい、心配して、お前の声を聞きたがっている親に電話を入れる。もし、振り込め詐欺の電話がかかってきたら、合言葉を決めておくくらいの話だってできただろうに。コミュニケーションを取らずにいた、お前こそバカだ」

彼の言うとおりだと、O君は気づかされた。振り込め詐欺が騒がれている中、〈連絡一つしなかった自分こそ、愚か者だ〉と。O君が救われたのは、よい友人を持っていたことである。

物事を別の視点に立って考えていける力。この力を子どもにつけさせるには、親が自らの視野を拡げるのが一番である。

自覚を促し可能性を引き出す

視野を拡げる一つの方法に、子どもの自覚を促すというやり方がある。

「小学生の頃、縄跳びですごく難しい技があって、何度も何度も練習してもできなくて、父が、

『お父さんの血を引いているんだから、できる！』

と言ってくれて、できるようになるまで練習した。結果、できるようになって、クラスで一番になった。

父が縄跳び自体できないということは、まったく知らなかったが、そのときは単純に、『お父さんの血を引いてるんだから、できるんだ！』と思い込んでいた」

（アンケートより）

〈お父さんの子だ〉という自覚が、できないことをできるようにさせた。子どもが落ち込むと、

「お母さんの子だもの、大丈夫！」と励ます母親のひと言も、同じ働きをしている。子どものやる気と可能性を引き出す、親のわからせ方なのだ。

子どもの前で「言ってはいけない」こと

慎みたい学校や先生の悪口

親が子どもの前で言う言葉が、他人の悪口、それも学校の先生の悪口となったら、どうだろう。たとえば、

「また、T先生、同じことを言ってきてるんだから。この前、ちゃんと連絡帳に書いて渡しておいたのに、ダメな先生だね。頼りにならないったら、ありゃしない」

などと、わが子の担任の先生を「ダメだ」「頼りにならない」「困った人」と非難してしまう。共働きで、仕事と育児の両方を抱え、忙しい母親にしてみれば、一度連絡したことをきちんと処理してくれない先生を、悪く言いたくなる気持ち

も、わからないではない。

でも、ここは一呼吸おいて、先生にだって事情があったのかもしれないと考えれば、幾分、気分も変わるのではなかろうか。

イライラした気持ちから飛び出すひと言のほかに、不用意な発言もある。

一カ月ぶりにやってきたおばあちゃんと話しているとき、子どもがそばで聞いているのに、

「やんなっちゃう。今度の担任、C先生だって。外れだわ。大外れよ。まったく」と嘆く若い母親。おばあちゃんがたしなめる前に、悪口がぽんぽん飛び出す。

「C先生って、最低なんだってよ。教え方はヘタだし、やる気もないし、それにハンサムでもないんだから……」

たぶん、茶飲み話のときに母親同士で面白半分に喋っていることを、話し相手が実の母親という安心感も手伝って、脇に子どもがいることも忘れて、ポロッと言ってしまったのだろう。

親が先生を尊敬も信頼もしていなくては、しかも、それを子どもの前で口にす

るのでは、子どもだって、先生に対する信頼感は揺らいでしまう。先生を子どもがバカにするのは、親のせいでもある。

子どもの前では、厳に慎《つつ》まなければならないひと言である。言いたいことがあるのなら、直接先生に言うのが筋である。近頃は、父親の中にも、

「なに、一時間も廊下で立たされたのか。それは先生が悪い。子どもは授業を受ける権利があるんだ。それを一時間も受けさせないとは、いったい、どういう先生だ」

などと、子どもの前で先生をこきおろす人がいると聞いて、驚いた。

話し方の講師であるKさんは、次のように述べている。

「私が小学生の頃、家庭訪問でわが家を訪れた担任の先生に、必ず、『先生、こいつが悪さをしたときには、二、三発、ぶん殴って下さい』と、真剣に頼んでいた親父の姿を懐かしく思い出します」

かつては、こんな父親もいたのである。先生に対する信頼は、まず親が言葉と態度で示さなくてはならない。

確かにいま、学校や先生にも問題はある。記念行事の説明会に出席したところ、

要領が悪く、時間ばかりかかって、いい迷惑だった、と私の娘が話していたことがある。でも、それは子どもの前で言うことではなく、学校に言うことである。

夫または妻を攻撃する

教育上よくないとわかっていながら、ついやってしまうのが、子どもの前での夫婦の言い争いである。

よくある例を挙げよう。

母親は仕事は忙しいが気に入っていて、上司も高く評価してくれるので、やめる気はない。だが、育児も大半は自分がやらなければならず、つい、子どもには口やかましくなる。夫は何も手伝ってくれず、たまにやればやるでヘマばかりで、かえって手間がかかる。

おまけに子どもがやさしくしてくれる夫になついたりするのを見ると、腹が立ってきて、日ごろの鬱憤《うっぷん》が口に出てしまう。

「あなたは子どもに甘すぎる！」

◉子どもの前で言ってはいけないこと

① 他人の悪口

●「F君のお母さんには、頭にきちゃったわよ」。子どもからすれば、友達のお母さんの悪口を言われても、困るとしか言いようがない。

② 夫婦間の争い

●「人をバカにするな!」「あなたこそ、勝手なことを言わないでよ」と言い争ったら、子どもはどちらの味方をしたらよいか戸惑ってしまう。

③ 悪い冗談

●「お母さんが死んじゃったら、どうする?」。もちろん冗談だが、子どもは本気で考えてしまう。

④ 強い否定の言葉

●「お前なんか大嫌い!」「何度言ったらわかるの!」「何をやってもダメなんだから」。いくら、虫の居所が悪くても、親として言うべきでない。

「そんなことはないさ」
「何も手伝わないで、自分だけいい人になってるのよ」
「そんな言い方はないだろ」
「なによ、家事だって満足にできないくせに」

人間は感情的になると、この場では言うべきでないとわかっていながら、売り言葉に買い言葉で、言い争いをエスカレートさせてしまう。その結果、子どもの心を暗澹《あんたん》とさせていることに気づかねばならない。

家庭という場の中で、子どもは親同

士がどんなやりとりをしているか、ちゃんと見て聞いて、何かを感じ取っているのだ。

「しつこい訪問販売に母が困っていたとき、いつも穏やかな父が、強い口調で追い返したことがあった。慣れない口調に若干、力んでいる感じがなんともいえず、親父頑張ったんだな、と思った」(アンケートより)

母親をかばっての、普段見せない、父親の強い姿勢に、子どもは新しい発見をしたに違いない。

人を傷つけない「ものの言い方」の原則

傷つけられた心はすぐに元に戻らない

相手や状況によって、ものの言い方は変えなくてはならない。できないことができるようになりたいと、必死になって難しい縄跳びに挑戦したからこそ、

「お父さんの血を引いているんだから、できる!」

のひと言が、あきらめないで練習を続けられた原動力になったのである。状況が違えば、この言葉も万能ではない。

とはいえ、どんな状況、相手でも、ぎりぎりこれだけは心得ておきたい、守っておこうという、ものの言い方の原則がある。それは、

「人の心を傷つけないこと」

である。人の心を傷つけると、その傷は容易にもとに戻らない。困ったことに、世の中には、故意に、あるいはそれに気づかずに、人の心を傷つけてしまう者が少なくない。

人を傷つける強い否定の言葉

仕事がのろいうえに、よく間違える女性がいた。派遣社員なので、いつやめてもらってもよいとばかり、上司はいちいち間違いを指摘して、その都度、文句を言った。

二日もすれば出社しなくなると思ったが、見込みが外れ、三日、四日たつのに、彼女はやってくる。上司のほうが根負けして、口を開いた。

「キミは私が文句ばかり言っているのに、よく平気だね」

するると彼女は答えた。

「ええ、私、慣れていますから」

このひと言で、上司はハッとしたという。彼女の表情がいかにも淋しげだったからだ。

〈ひょっとすると、彼女は頭のいい、しっかりした母親に、厳しく育てられたのではないだろうか〉

「早くしなさい。グズなんだから」

「また、間違えた。なにやってるの」

「いったい、何回言えば、わかるのよ」

などと、次から次へと否定の言葉を浴びせられ、心を傷つけられながら、それでも自分を守ろうと、聞き流すという方法を身につけた彼女は、ひどい言葉に対しても、

「私、慣れていますから」

と、受け流すようになったのだろう。

そんな彼女の気持ちを思うと、上司は気の毒になり、その日から、少しでもいい点を見つけたら、そこを指摘するようにした。以来、半年がたち、彼女の間違いは少しずつだが減ってきた。速度のほうは相変わらずゆっくりだが、上司は、「『遅い』と非難しないで、『ゆっくりだね』と表現すると、それなりにのんびりとしたよさが感じられてくるから、不思議です」

と言って、笑っていた。

親はイライラすると、とかく、

「何度、言われれば、わかるの」

「なんで、もっと早くできないの」

「いつまで寝てるのよ。グズグズしないで、さっさと起きなさい」

などの言葉を、強い口調で次々に発して、子どもの心を脅《おびや》かす。

人間、完全ではないから、親だって思いどおりにいかなかったり、疲れていたりすれば、イライラする。そのイラ立ちは、子どもに向けられることも多い。

気持ちの切り換え方

家庭という狭い空間の中で、親がイラ立って強い否定の言葉を発すると、子どもは逃げ場を失ってしまう。そうなる前に、親のほうが気持ちの切り換えができるとよい。

ある母親は、ふとしたことから、ぬいぐるみのウサギを右手に掲げて、ウサギちゃんになって言ってみた。

「ヒロ君、そんなことでいいのかな」

「ヒロ君が悪いんじゃないのかい」

「もう、起きる時間だよ」

不思議に子どもも「うん」とうなずき、さっと起き上がる。こちらも、自分を傍観者の立場におくことができて、カッカしそうな自分が見えてくる。ウサギちゃんという第三者を設定して、自分が第三者になりきることで、気持ちが落ち着いてくる。

「ウサギちゃんに、ずいぶん助けられています」

母親はそう言って笑っていた。

正論で相手を追い込まない

頭がよくて、仕事をバリバリこなす人によくあるのが、ものの言い方のきつさである。そんなタイプの娘を持つ母親が言ってきかせる次にあげるシーンに、結構思い当たる人もいるのではなかろうか。

「そんなに人って差はないものなのよ。あなたは全部勝とうとするから、棘が出ちゃうの。……本当に賢い女は負けてあげられる余裕を持ってるの」（森浩美著『家族の言い訳』双葉社刊）

頭がいい人は、人より早く物事を理解できるから、相手の間違いにもすぐ気づく。そこをズバリ突いてしまうものだから、「言ってることはそのとおりだが、腹が立つ」と、相手を怒らせてしまう。人の感情を無視するからだ。

特に男性は、女性からの否定的な発言に弱い。理屈で言い返せなくなると、腹を立てるか、ひねくれてしまう。

家でよくあるのは、兄と妹がいて、妹のほうを先にして、

「あなたは我慢しなさい」

と兄のほうをあと回しにするケース。これでは、兄はふてくされる。妹優先でも、

「お兄ちゃんだから、わかるよね」

「さすが、お兄ちゃんね」

と、兄を立ててやる言葉が必要になる。

夫も男性である。子どもの前で、ないがしろにされれば、子ども同様ふてくされる。男はいくつになっても子どもなのだ。

ときには子どもを「相談相手」にする

相談されるのは嬉しいもの

「相談する」については、二つの誤解がないだろうか。

第一に、相談されるのは面倒であり、相談に応じるのも面倒である、できれば相談されたくないと、相手は思っている。こんな考えは誤解にほかならない。第二には、相談相手のこと。これについては、あとで述べる。

最初の「人は相談されるのを嫌がる」というものだが、実はこれは逆であって、人は相談されるのを喜ぶのである。だから、賢い部下は、上司に相談を持ちかけて相手を喜ばせ、そのうえ上司の知恵を借りたり、協力を得たりしているのである。

頭がよくて仕事ができる人の中に、何でも自分でやってしまい、人に相談しない者がいる。上司、先輩から、〈水臭いやつだ〉などと思われ、結局、損をしているのである。もっとも、相談する者の中には、もっと切羽詰まった状況にある人もいる。

ある晩、東京の中野からタクシーを拾って、西日暮里まで行ってもらったときのことだ。乗って間もなく、世間話などをしているうちに、運転手から、

「お客さん、失礼ですが、おいくつですか?」

と年齢を聞かれて、どういうつもりかと、軽い疑問を抱いた。そこで、問い返した。

「それより、あなたはおいくつなんです?」

「あ、私は五十五です」

「それなら、少なくとも、十歳は上です」

実はもっと上なのだが、誤魔化した。

「お若く見えますね。年上の方ならば、ちょっとお聞きしていいですか？」

私に意見を聞かせてほしいというのだ。彼には娘さんがいて、二十七歳で独身。普段から、いろいろと説教するのだが、親の言うことをきかないらしい。

「実はある晩、無断で外泊しやがって、こっぴどく叱りつけたところ、『こんな家、出て行く』って言って、出て行っちゃいましてね。もう三カ月もたつんですが、何の連絡もないんですよ。女房にどうするって言ったら、『心配ありませんよ。二十七にもなるんですから、ちゃんとやっていますよ』って、平気なんですよ。どうしたもんですかね。放っておくのも、なんか気になりましてね」

「携帯の電話番号はわかるんですか？」

「ええ、わかってます」

「電話入れてみたらどうですか？」

「たぶん、私からとわかると、切っちゃうんじゃないかと思って、かけないようにしているんですが……」

「よくわからないけど、もしかしたら、娘さんはあなたからの電話を待っているのかもしれませんよ。留守電に『お父さんだ、心配してるよ』とだけ、入れておくのもいいんじゃないですか」

こんなやりとりをしているうちに、西日暮里に着いた。運転手に礼を言われて、クルマを降りたが、赤の他人の私に相談を持ちかけるとは失礼な人だ、とは決して思わなかった。むしろ、もうちょっと相談に乗りたい気さえしていたくらいだ。

相談相手は目上とは限らない

相談するなら、自分より年上の人生の先輩、あるいは経験者と考えがちだが、そうと限ったわけではない。部下が上司に相談するなら、上司も部下に相談したらよいと思う。

「今度の企画だが、ターゲットをどこに絞《しぼ》ったらいいと思う？」

「次の会議の進め方について、キミに相談したいんだが……」

と、部下のもとに赴《おもむ》いて、気軽に相談する。相談された部下にしても、参画感を刺激されて、やる気が湧いてくるのではないか。それにいまの時代、新しい情報は部下のほうが入手が早い場合もある。

親子のコミュニケーションでも、親から子どもに相談してみたらどうか。それも、幼児の頃からである。

幼い子どもを連れて、母親が商店街に買い物に行く。

「お肉買って、帰ろうか？」

肉屋の前で立ち止まって、子どもに話しかける。問いかけられた子どもは、

「うん」とうなずいて答える。次にパン屋の近くに行くと、パンの焼けるいい匂いがしてくる。子どもは、

「パン、パン」

と、母親に呼びかける。

「どうする？　クリームパンがいい？　それともカレーパンにしようか？」

再び話しかけ、子どもに相談する母親。

「カレーパン」

と子どもが答える。

「それじゃ、持って帰って、お家《うち》で食べようか」

その都度声をかけ、子どもに考えさせ、確認する。子どもは自分が尊重された
と感じ、自分の考えを述べる習慣が身につくのだ。

前項の終わりに、人を立てることの大切さについて触れたが、相談するのは、

「相手を立てる」ことでもある。

「お兄ちゃん、どう思う？」

と相談して、兄を立てる。

さて、奥さんから、

「あなたに相談したいことがあるの」

と言われたときには、夫は気軽に応じることだ。その際、第一に、まず話をよ

く聞くこと。急《せ》かしたり、途中で遮《さえぎ》ったりしない。第二に、簡単に解決策を提示しないこと。

「ああ、それはこうすればいいんだよ」

これでは、妻にしたって、

「そんなことくらい、私だって考えたわよ」

と、ムッとする。

「キミはどうしたらいいと思うんだい？」

彼女の考えを聞いたうえで、自分の意見を述べる。相談とは、一緒に考えることなのだから……。

答えは先出しせず〝見出すまで〟考えさせる

相手の求めに応じること

ある親は、子どもに次のように言ったという。

「普段は冷たくても、具合が悪いときだけは、やさしくしてあげなさい。そういうときに、冷たくされたことは、一生、心に像として残るのだから……」（アンケートより）

これだけでは、具体的状況はわからない。言葉の発信元は父親なのか、母親なのか。子どもは普段、冷たかったのか。だが、そんな詮索《せんさく》よりも、この言葉の要点は、「相手の具合が悪いときだけは」にあって、ここに注目するほうが、導き出されるものは大きいのではなかろうか。

「具合が悪いとき」を、

●助けを必要としているとき
●救いの手を求めているとき

と、置き換えて読むこともできる。

前項でとり上げた「相談」も、相談を求めてもいないのに、「相談に乗ろう」などと言い出せば、「余計なお世話」と、いやな顔をされかねない。子どもが相談を求めてきたときに、「話を聞き」「状況に合ったアドバイスをする」のが親の役目なのだ。

「一人暮らしをしようかどうか、自信もなく迷っているとき、母に相談したところ、『まずはやってみたら。ダメだったら、戻ってくればいいじゃないの』と、背中を押された」（アンケートより）

これ以上でもなければ、これ以下でもない、適切な相談への応じ方だ。

先回りして話さない

〝先回り育児〟が問題になっている昨今である。子どもがすることを先回りして、親がやってしまうというものだ。

この現象は、子どもの生活や行動に、親が「ああしなさい」「こうしちゃダメ」と、口を出す傾向が伴うのが特徴である。

子どもにしてみれば、「いちいちうるさい」と反発したくなるのは当然だが、小学校低学年くらいまでは、「ママに気に入られたい」との気持ちが強いせいか、ママの言うことに従おうと、「いい子ぶってみせる」子が少なくない。

公園を歩いていたとき、何人かの子どもたちと、その母親たちが砂場を取り囲んで座っているのを目にした。近づいてみると、真ん中に砂が盛り上げてあり、その上にスイカがのっている。そのスイカを、目隠しをした小学四、五年生くらいの男の子が棒を振り上げて、割ろうとしている。

しかし、目隠しをしているから、スイカに狙いを定めるのが難しい。男の子はそろそろと近づいて、棒を振り上げようとするのだが、すぐそのあとに母親がついていて、

「もうちょっと右」

「ああ、それじゃ、右すぎ」

「前に半歩」

「もっと、しっかり棒を握って」

などと、いちいち口を出し、指図しているではないか。子どもは言われるたびに、ビクッと体を震わせ、指示に従おうとしている。

私にはなんだか異様な光景に見えて、思わず、その場を立ち去った。

〈なんで、子どものやりたいようにやらせないんだろう〉

仮にスイカがうまく割れても、親の言うとおりやったのでは、面白くもなんともない。母親は子どもを自分の思いどおりにさせようとして、子どもの自己達成感の喜びを奪っているのではないか。まわりの人がはやしたりするのはともかく、親の過剰な口出しは慎みたいものだ。

子どもは自分で考え、工夫し、行動してこそ、うまくいったときの「やったあ！」という喜びを味わえるのだ。うまくいかなかった場合でも、めげずに挑戦する意欲が湧いてくる。親が先回りして、口を出し、言うとおりにやらせるのでは、「してもらう生活」から抜け出せなくなる。

「勉強しなさい」と言わない

どこの親でも、「勉強はしたのか」「宿題やったの」と口にするが、これは程度問題であり、顔を見るたびにこの言葉を発したのでは、子どもは逃げ出したくなるだろう。

世の中には、こんな親もいる。

「『勉強しなさい』とは、両親ともに言われたことが一度もありません。周りの友達が、親に『勉強しなさい』と言われているという話を聞くと、なんでうちでは言わないいんだろうと不安になり、自分から率先して勉強していました。試験勉強で徹夜していると、

『体に悪いから、もう寝たほうがいいんじゃない』

と言われて、ますます勉強しました」（アンケートより）

この親は、さり気なく子どもの様子を見ていたに違いない。そのうえで、自分から勉強するように仕向け、決して放任していたのではあるまい。

人間、不思議なもので、催促されるとやる気がしなくなる。やろうと思っても、

「宿題やったの、早くやりなさいよ」

と言われると、

「わかっているよ、うるさいな」

と、反発の心が出てしまう。こんなとき、親が、

「お茶でも飲む?」

と呼びかけると、違った反応が……。

「う〜ん、宿題がいっぱいあるから」

「そう」

「宿題やってからにするよ」

「へえ、偉いのね」

「別に」

できれば、こんなやりとりになるとよい。

「勉強しなさい」と、出かかった言葉を飲み込むのは容易ではないが、それを抑えて、様子を見る。大人でも、言われてやるのは、気乗りがしないのだから……。

たまにはグチの一つも

ある母親に、「子どもと、どんな話をしますか?」と質問したことがあった。

するとその母親は、学校のこと、友達のことなどを挙げながら、思い出すように、

「ときには職場のグチ」と答えた。

親が職場のグチを子どもにこぼす。もともとグチとは、言っても仕方のない、仕様もない話である。子どもの前で話したりするものではない、と思っている人が大半なのではなかろうか。

私もその一人で、これまで、家で仕事のグチはこぼしたことがない。はしたないと思うからだ。でも、思いどおりにいかない人生で、グチの一つも言いたくなるのは、ごく自然なことではなかろうか。むしろ、家族の前で、たまに職場のグチを口にするのは人間らしい姿である。

グチを言われる子どもはどうか。子どもは自分が価値ある存在として、親に認められているかどうか、いつも気にしている。そんな子どもにしてみれば、グチを言われるのは、親が自分を話し相手として認めてくれたのだと受け取って、嬉しくなる。

親が子どもに話を聞いてもらう。

「それはね、お母さん……」

子どもは嬉しそうな顔で応じる。そのとき、子どもは子どもなりに一生懸命考えて話しているのだ。

先回りしてあれこれ言うより、子どもが自分からその気になるように、コミュニケーションの取り方を工夫するとよい。

第3章

“抜群に伸びる子”の親はみな「聞き上手」

●「愉快でたのしい子育て」＆親育ての重要ポイントはココ！

好奇心あふれる子どもに育てる「聞き上手」

聞くのは活動である

話を聞くというのは活動、すなわち相手への働きかけである。

聞くためには、相手に話してもらわなければならない。発信があって、「聞く」が成立する。そのため、相手の発信を待つという態度の聞き手が多く、結果として、「聞く＝受け身のコミュニケーション」

というイメージが定着してしまった。

「言いたいことがあったら、どんどん言ってこいよ。オレは話を聞くのが好きだから」

こんなふうに豪語する上司、先輩がいる。でも、待っていても、誰も話しに来ない。下から上へのコミュニケーションは、待っていたのでは動き出さない。家庭でも、

「困ったことがあったら、何でも話しなさい」

と言って、親が待っているだけでは、遠慮、不安、迷い、あるいは単なる無精などの理由で、子どもからの発信は期待できない。

待つという姿勢は、なんの働きかけもないところでは生きてこない。こちらから近づき、声をかけ、世間話などをして、ものが言いやすい雰囲気や状況づくりを、聞き手が行なったうえでなければ、「待つ」は生きてこないのだ。

共働きの場合、子どもと向き合って、ゆっくり話す時間がなかなか取れない。そこで、保育園への送り迎えの間、特に一緒に家に帰ってくるときに、友達のこと、今日あったことなどを聞くようにしている母親も多いに違いない。

会社では上司も多忙である。折に触れ、機会をとらえて、話を聞くチャンスをつくる。話してもらうきっかけづくりは、聞き手がするのである。その結果、相手が話す気になったとする。さあ、そこで、どんな聞き方をするかが問われるのである。

打てば響くように聞く

せっかく話し手がその気になり、喋り始めたのに、聞き手はとたんに腕組みをして、むずかしい顔つきになる。役員、部長といった肩書きを持つ年配者に、この傾向が見られる。自分ではそんなつもりはなくても、

●偉そうな
●威張った
●上から目線

などの感じを話し手に与える。これでは、せっかく話す気になった相手の気持ちをくじいてしまう。部下は不安になり、あるいは反発し、もたついたりして、話し方に変調をきたす。

相手の話がもたついて、要領を得なくなったら、自分の聞き方に問題があったのかもしれないと、振り返ってほしいのだが、大半の聞き手はそこまで気づかない。

誰もが自分の話を聞いて、相手がどう思ったか、気になるものである。それがわかっている聞き手は、早めに反応を返す。たとえば、結婚披露宴でスピーチを

して、テーブルに戻ってきた話し手に、

「いい話でしたね」

と、反応を送る。

「いや、あがってしまいましてね。早口じゃなかったですか？」

「前半早かったですが、後半は落ち着いてきて、結びのひと言がとてもよかったですよ」

このようにフィードバックする。聞き手のフィードバックは、話し手を安心させ、以後の自信につながる。

「そういえば、Aさん、よくうなずいてくれてましたね。あなたのうなずきで、後半、落ち着きを取り戻したんですよ」

Aさんは聞き上手である。話し手がスピーチをしている間、アイ・コンタクトを送り、要所でしっかりうなずく。つまり、Aさんは、

「私はあなたの話を聞いていますよ」

と、合図を送っていたのである。

多くの人が話し手を尻目に、隣席の人とお喋りをしている中で、話し手を見て、笑顔を浮かべ、うなずきながら聞く。話し手にとって、まことにありがたい存在である。

Ｆさんには、小学四年生になる男の子がいる。一人っ子である。残業もあったりするので、親子三人で夕食をともにするのは、週に二回、多くて三回である。夕食のとき、子どもは母親相手にその日あったことや友達のこと、テレビの番組などについてお喋りをする。母親は子どもの相手になってはいるが、時折、うわの空で聞いたりして、

「ちょっとお母さん、聞いてるの？」

などと言われたりしている。Ｆさんはほとんど喋らず、たまに妻から声をかけられて、応じるくらいのものだった。ところが、ある晩のこと――。

食事が始まって間もなく、男の子がいつものように母親に話しかけた。

「ねえ、今日ボク、ケンちゃんに誘われて、野球やったんだよ」

いつも無言のＦさんが、

「そうか、野球をやったのか」

と、息子に向かって声を出した。男の子はびっくりしたように父親を見て、

「そうだよ。で、さあ、ボク、ヒットを打ったんだ」

と、自慢げに言った。

「ヒットを打ったのか、本当か」

「本当だよ。センターへボールがころがって、ボク、二塁まで走ったんだ」

「すごいじゃないか、二塁打なんて」

母親は、夫と息子のやりとりを面白そうに聞いていたが、いつになくお父さんが聞き役になって、子どもはよく喋った。食事が終わってからも、父親の傍らをしばらくは離れなかった。

いつも妻が引き受けている子どもの話の聞き役を、たまには代わってやろうと思ったにすぎなかった。ところが、子どもはすっかり喜んで、目を輝かせ、ときには声を弾ませて喋ったのである。勢いにつられて、Ｆさんもいつになくよく話

し、二人とも軽い興奮状態に陥った。

寝床に入ってからも、Fさんは子どもの喜ぶ顔が浮かんできて、しばらくは寝つけなかった。そして、子どもの話を聞くことの大切さを痛感した。

男の子は現在、高校の野球部でセンターを守り、活躍中だという。

聞くのも表現である

聞くのは受け身でなく活動であり、働きかけだと述べた。働きかけなのだから、相手が話しているとき、

「要は、聞いてりゃいいんだろう」

とばかりに、黙って、ブスッとしていてはいけないのである。

「あなたの話を聞いていますよ。ほら、このとおりね」

と、聞いていることを話し手に伝えるのが、聞き手の役目なのだ。言い方を換えれば、「聞くのも表現」なのである。「聞く」を表現としてとらえると、そこにはポイントが三つある。

①目を見て聞く

話し始めたとき、目をそらされると、話し手は落ち着かなくなる。子どもが話しかけてきたとき、大事なのは、目で受けとめることだ。

②明るい表情で

笑顔はウエルカム、すなわち歓迎の合図である。目も見ず、無表情というのでは、話しかけたほうは、凍《こお》りついてしまう。

③あいづちを打つ

子どもがヒットを飛ばしたとき、「本当か！」と、親が驚きのあいづちを打つ。Fさんはたまたまこれをやったのだが、子どもの話の火付け役になったのが、このあいづちである。話を聞いて、「へえ、お前、そんなことができるのか！」と、びっくりした顔をする。小さな子なら、母親が「すごいじゃない」と言って、ぎゅっと抱きしめる。

子どもについて、こんな話を聞いた。

オーストラリアでは、七歳まで母親が抱きしめて可愛がる。八～十四歳までは父親が話し相手になる。十五歳からは、親の言うことより、外部の尊敬する人——たとえば部活のコーチなど——の言うことをきくようにする。

いずれにせよ、子どもが育つにつれ、聞き上手な大人が必要になるのである。

大人を驚かせる「ひと言」を聞き流さない

子どもなりに表現する言葉

子どもは思っていることがうまく言えなくて、もたつくことがある半面、思いがけないことを言って、大人を驚かせる。

セミナーに参加する朝、父親が三歳の娘に、

「行ってくるよ」

と声をかけたら、なんと、

◉「聞き方」についての知恵

●「聞く」という字は、耳が門に囲まれている。話を聞くには門を開く

●聞くのは一時の恥、なんてとんでもない。聞くのは一生の宝だ（三遊亭円窓）

●話を聞かない人は、人と関わろうとしない、冷たい、淋しい人だ（スティーブン・スピルバーグ）

●うんざりさせられる人——こちらの話を聞いてもらいたいときに喋る人（ピアス）

●自分の話を聞いてもらいたかったら、まず相手の話を聞くことだ

「パパ、おうちに帰るの？　また、遊びに来てね」

と言われて、思わず足が止まり、動けなくなったそうである。無邪気な笑顔で、右の言葉をかけられた父親は三十五歳。勤務の関係で、朝帰りや夕方出勤もあったりしたためかと思われるが、

「それにしてもショックでした」

と、話していた。

父親が帰ってくると、母親が、「お帰り」と言うのを聞いていたからだろうか。二歳になる孫は、おばあちゃんが訪ねてきても、「お帰り」と言って、祖母を驚かせたそうである。

子どもの言葉には、子どもなりに見た現実が反映されている。同時に、自分の感覚でとらえたことを表現する言葉も持ち合わせている。

徳島県の職員研修に講師としてまねかれたとき、休憩時間にある保育士さんが、三歳の男の子とのやりとりを話してくれた。


「ボク、人間よな?」

「そうや、人間よ。じゃ、アンパンマンは人間かな?」

「違うよ」

「なぜ?」

「だって、アンパンマンは頭の中にあんこが詰まってるもん」

「じゃ、○○ちゃんの頭の中には、何が詰まってるん?」

「大事な大事なものが、いっぱい詰まってるん」

「へえッ!」

保育士さんは目を丸くして、男の子を見つめたそうである。

ここで、91ページに出てきた、「しあわせって、なに？」と子どもに聞かれた母親の話の続きを紹介しよう。

三歳の女の子は、テレビを見ながら、突然、母親に向かって、この問いを発した。母親は一瞬考え、次いで子どもを強く抱きしめ、頬《ほお》をすりよせて、

「こういうこと」

と囁いた。

それから、二日後の話。女の子は母親の布団の中で、本を読んでもらっていた。

「ハイ、じゃ、これでおしまい。おやすみしようね」

母親は立ち上がって電気を消し、女の子は冷たい自分の布団にもぐりこんだ。しばらくして、女の子が母親に話しかけた。

「お母さん」

「なあに？」

「しあわせって、暖かいことなのね」

母親はこのときのひと言を忘れられないという。

「自分で感じたことを、見事に自分の言葉で表現しているんですよね。子どもって、すごいなと思いました」

このお母さんも、かつては親を驚かすようなひと言を発したに違いない。子どもはこうして親に、見事なひと言を発しながら、大人になっていくのである。親は子どもの発したキラキラした言葉に、しっかり反応し、

「そうよ、しあわせって、暖かいことなのよ」

と、受けとめていきたい。

子どもの見方に親が教えられる

大人には大人の常識というのがあって、「この場合、こうするのが常識だ」と思い込んで、疑わない。常識が優先されて、ほかの見方ができなくなることもある。

河合隼雄著『いじめと不登校』(潮出版社刊)の中に、こんなエピソードが紹介されている。

治療にきた子供がよくなって、それで最後という日。カウンセラーが、

「もうきょうで終わりやね。元気で明るくサヨナラしようね」

と言うと、子供が首を横に振るんです。それで、あ、この子はまだ来たがっているると思ってうれしくなって、「どうするの?」と聞いたら、

「小さな声でサヨナラしよう」

と言うんです。


大人は、別れるときは、元気で明るくさよならすると決め込んでいる。それが常識のように思われているが、別れるときは小さい声で、そっとさよならする。河合さんも言うように、そのほうが真実だろう。

子どもの口から出てくる常識にとらわれないひと言に、大人がハッとさせられ、教えられる瞬間である。

大人が子どもに教える、というのが世の中の常識だが、一方で、子どもに大人が教えられるというのも現実なのだ。常識で大人の目が曇っている場合もあれば、

感情的になって、冷静さを失っているときもあるからだ。

カッとなって、子どもを叱りつけたところ、小学四年生の男の子が泣きながら、こう言ったという。

「お父さん、冷静に話し合いましょう」

このひと言で、ハッとさせられたという父親もいる。

大人も、完全ではない。だからこそ、子どもの言葉に耳を傾け、教わることが大事なのだ。

本当に言いたいことをどう察知するか

「知らない」から聞けることもある

何も知らなければ、相手を知る手がかりがないとはいえ、よく知っていれば、相手を理解できるかというと、そうとも限らない。何についてもすべてを理解することはできないし、人の気持ちとなれば、なおさらだ。

家族はお互い、同じ屋根の下で生活しているのだから、相手に関する情報はたくさん持っている。

そこで、相手について、知っているつもり、わかっているつもりになりやすいが、お互い、相手が外で何をやっていて、どんな人とつき合っているかは、ほとんど知らない。携帯電話やパソコンで、家の中から外部と連絡の取れる時代である。誰とどんなやりとりをしているのか、家族同士でもわからないというのが現実だ。

そして、人間はどんどん変化していく。知識の量も増えていく。だが、なまじ知っていると、それが先入観になって、相手の話を聞くときの、色眼鏡にもなりかねない。知識があるというのは、話を聞くときの妨げになることもあるのである。なければいっそないほうが、白紙の状態で話を聞けるのだ。

こんな言葉がある。

「最も優れたインタビューができるのは、そのテーマに対する知識がないときだ」

知識を豊富に有しつつも、それにとらわれないで、いったん脇において話を聞ければ、優れたインタビューができる。右の言葉はこのようにも解釈できるが、それはまた、もっともむずかしいことでもある。

であれば、いっそのこと、何の知識も持たないで、初対面の人から話を聞いてみたらどうだろう。

話し方のセミナーでは、参加者の三分間スピーチを聞いて、講師がコメントする。参加者が初対面の場合、講師はその人に対しての知識はほとんど持ち合わせていない。初めて聞く三分間の話しか、手がかりになる情報はない。それでいて、的を射た、的確なコメントをすることが多い。先入観にとらわれずに、まっすぐに話を聞き取れるからである。

セミナーに参加した男性が、六歳と三歳の娘を連れて、スキーに行った話をした。彼は早口で勢いよく喋るのだが、前半と後半で内容が噛みあわず、ひと言で何が言いたいのか、わからないスピーチになった。彼は、自分でも、

「話しベタで、いつも早口になってしまい、どうもダメです」

と言っていたが、よく聞いていると、あれもこれも言うクセがあるらしい。そ

こで、焦点が定まらないまま話してしまい、早口はその結果にすぎないのでは……と指摘したところ、彼も何人かの仲間も、

「言われてみれば、確かにそうですね」

と、うなずいていた。

知らないからわかる、という面もあることを承知しておこう。

いまの話に焦点を当てて聞く

子どもに対して、夫、妻に対して、人はそれぞれ先入観、思い込み、あるいは思い入れなどを持って、話を聞いてしまう。持つなというほうが無理かもしれない。話は「いま」「ここ」での、相手とのやりとりである。そこで、相手が何を話したがっているかを聞き取るために、「いま」「ここ」で話している、相手の「いまの話」に焦点を当てて聞くことにしよう。

第一に、目、表情、動作などをよく見ながら聞く。相手の「いま」を見て聞くのである。非言語メッセージをキャッチしようと思ったら、離れていたのでは表

情の動きなどがよくわからないから、話し手の隣に行って聞く。

子どもが言いよどんだり、言葉に詰まったりしているときは、表情と目をしっかり見るとよい。いいたい思いがありながら、うまく言葉に出せないときは、

「あの、あの、あの」

と言いながらも、表情は生き生きして、赤みを帯びる子もいる。目も輝いている。そういうときは、待ってあげることだ。

「いいんだよ、ゆっくりで」

親が自分の考えを押しつけて、

「結局は、こういうことでしょ」

などと言えば、子どもの体は拒否のサインを発し、目が落ち着かなくなる。

子どもが学校を休みたいと言い出した。話を聞いてみると、偏頭痛がするという。父親は話を聞くと、

「お父さんは、そんなことじゃ、学校を休まなかった」

と、自分の経験を持ち出して、子どもの言いたがっていることを聞こうとしなかった。私なども、目の前にいる息子の話を聞こうとしないで、

「お父さんだったら、ちゃんと行くけどな」

などと言ってしまうかもしれない。

「何があったわけではないのですが、急に学校に行きたくないときがありました。その日は、『頭が痛い、おなかが痛い』と嘘をつき、学校を休みました。次の日も、なんとなく行きたくなく、引き続いて具合が悪そうによそおっていました。

いま思えば、私のちょっとした気持ちをちゃんと理解したうえで、やさしくまっすぐに、『今日は具合はどう？　学校に行けそう？』と母が聞いてきました。いままで行きたくないかも、と思っていた私は、不思議と行きたい気になりました。もし、あのときの母の言葉がなかったら、いまごろ、不登校になっていたかもしれません」（アンケートより）

子どものいまの気持ちを聞いて理解をする。人は、子どもも大人も、自分を理

解してくれたと思うとき、心が動くのである。

子どもからの〝発信の気配〟を見逃さない

「いつもと違う」という感覚

日本人は、元来、相手の気持ちを察したり、汲み取ったりするのが得意であるはずなのに、近頃はこの能力が後退して、「他人からどう見られるか」を気にする人が増えてきた。

「聞く」を働きかけととらえた場合、相手の「話したい」「聞いてほしい」という思いをキャッチするためには、「察する力」の復活が求められる。

部長のUさんは気さくな人柄で、誰にでも気軽に声をかける。といって、誰よりも早く出勤して、守衛の男性や掃除のおばさんに声をかけるといったやる気満々のタイプではない。出勤時間は大体、定刻の十分前、ときには定刻スレスレということもある。やってくると、

「お早う」

と、一人ひとりに声をかける。部下から声をかけられると、立ち止まって、こうひと言。

「今日のキミの天気予報は？」

「曇りのち晴れです。午後から本調子です」

こんなやりとりをする。パソコンの画面を睨《にら》んでいる部下がいれば、肩越しに覗《のぞ》いて、

「ほう、提案書だな」

と声をかける。

「今日、B社に提出するんです」

「B社か。あそこの課長は切れ者だったよな。もっとも、キミもなかなかだが」

「部長、朝から冷やかさないで下さいよ」

「オレは本当のことしか言わないよ」

会話のやりとりをしながらも、部長の目は周囲の部下の姿をさり気なくとらえ

ている。

朝のあいさつを通じて、部下一人ひとりの反応を確かめ、「いつもと違う」と感じた者がいたら、心に留《と》めておくのだ。その後、何食わぬ顔をして、気になった部下に近づき、話しかけて様子を確かめ、何か言いたそうだなと思ったら、昼休みに話を聞く。

「みんな、忙しいですからね。それぞれ自分のことしか考えないんで、部下が何か言いたがっていないか察知するのは、上の者の仕事です」

職場にこんな上司がいると、部下は助かるのだが……。

忙しいといえば、フルタイムで働いている母親は、家事に育児にと大忙しである。ともすると、子どもの発信のサインを見落としがちになる。

一方、子どもは「先生に叱られた」「友達とケンカした」「仲間外れにあった」ことなど、親に話そうかどうか迷い、ほとんどの場合、口に出そうとしない。親が、〈どこかおかしい〉〈いつもと違う〉と、気づいてやれないと、子どもはストレスを抱え込むことになる。

ある男性の話である。

「小学二年の頃、友達とケンカをして怪我をさせてしまった。怖くなって逃げ帰ってきたのだが、母親に話せなかった。

夕食が終わった頃、母親が近寄ってきて、

『どうかした？』

とひと言。事情を話すと、

『怖かったでしょうね。でも、よく話してくれたわね』

と言って抱きしめてくれた。

『その子の家に謝りに行きましょう。母さんも一緒に行くから』

母は、帰ってきたときの私の様子から、〈何かあるな〉と気づいたのだろう。でも、いきなり問い詰めたりしないで、頃合いをみて、ひと言。そして、私の話をそのまま受けとめてくれた」（アンケートより）

男性は現在三十四歳。いまでも、そのときのことをよく覚えているそうである。

相手が何か言いたがっていることに気づく。それには何が必要になるのだろうか。

無口の人にも話したいことはある

日頃から「おとなしい」「無口」「目立たない」といった人が、大人にも子どもにもいる。「賑《にぎ》やか」「多弁」「派手」といったタイプに押されて、存在感が薄く、見落とされやすい人である。

私は次の言葉が好きだ。

「喋るのが嫌いという人にも、必ず話したいことはある」

無口な子どもでも、「言いたいこと」「聞いてほしいこと」はあるはずである。

無口にも二つのタイプがある。

一つは「言ってもムダ」とあきらめているタイプだ。以前、親に話したところ、聞いてもらえなくて、

「バカだね、そんなことで心配するなんて、どうかしてるよ」

と片づけられてしまった。その経験が心に重くのしかかって、口を閉ざしてい

る子どもに多く見られる。

二つ目は、自分の思いを、言葉に出してきちんと言えないタイプである。親が子どもの言いたいことを先回りして言ってしまったり、子どもに発言の機会を与えなかったりした結果、思っていることをうまく言えなくなってしまった子どもたちである。

無口の人は、警戒心と不安とで、口を閉ざしているので、なかなか喋ろうとしない。そのうえ、発信の気配が読み取りにくい。

でも、必ず話したいことはあるはずだ。学校でいじめにあったときなど、無口であっても、ＳＯＳ信号をどこかで発信しているに違いない。味方であることをわからせ、時間をかけて、ちょっとした表情、動作にあらわれる発信の気配をつかみ、閉ざした口を開けるよう促していくことである。

発信を察知するには、第一に、普段から相手に強い関心を持つこと。第二に、表情、口調、動作などにいつもと違う変化がないかを注意すること。第三に、声をかけた際の、反応を見逃さないこと。呼んだときの返事に、気持ちの変化があらわれることがあるからだ。

聞くときは、穏やかな態度で、相手の目を見ながら、を心がけよう。

話は遮らないで〝最後まで〟聞く

忙しいときの話の聞き方

話すのはむずかしいが、聞くのは簡単、と思っていないだろうか。むろん、簡単ではない。精神的、肉体的なエネルギーがいるからである。だから、

- イライラしている
- 疲れている
- 時間に追われている

といったとき、話を聞いてほしいと言われると、応じるのは容易ではない。

残業で遅くなり、疲れきって帰宅する。そんなときに限って、

「ちょっとあなたに聞いてほしいことがあるの」

と、持ちかけられる。家事、育児を妻にまかせてあるのだから、聞かなくてはと思うものの、何もいまでなくてもと、

「あとにしてくれ、今日は疲れているんだ」

と、横を向いてしまう。

「やっぱりね。あなたって、いつもそうして逃げるんだから」

このひと言から、二人の言い争いが始まる。

さて、その妻にしても、急いで仕事を切り上げ、夕食の支度に取りかかる。一人暮らしの時代のように、のんびりしていられないのだ。そこへ、子どもがやってきて、

「ママ、今日ね……」

と、話を始める。母親は、

「いま、ママはご飯の支度の最中なんだから、あとにして」

とイラ立たしそうに、子どもを追いやってしまう。こんな例は少なくないはずだ。

「聞き方講座」に参加したN子さんの話である。

「その晩も、仕事から帰ってきて、ご飯の支度をしていました。すると、小学二年生の男の子がやってきて言ったんです。

『ねえ、ママ、きょうね、お絵描きして、花マルもらったんだよ』

私は包丁で野菜をきざんでいて、それに手一杯で、子どもの話を聞いてやれませんでした。

『あ、そう。わかったわよ。いま、ご飯の支度中だから、あっちへ行ってて』

心のどこかでいけないと思いつつ、こんな言葉を口にしてしまいました。男の子は、野菜をきざんでいる、私の右手の下からするっと中に入ってきて、私を見上げて、言いました。

『やっぱりママは、ボクの顔なんか見てないんだ』

私は包丁が気になって、

『危ないじゃないの、どきなさい』

と答えただけでした。子どもはパッと飛び出して、そのまま部屋に駆け込んでしまいました。

いま思い出すと、自分はなんてひどい母親だったんだろうと、涙が出てしまいます。子どもはどんなに悔しい、淋しい思いをしたんだろうって」

子どもの気持ちに気がついたこの母親は、「ひどい」どころか、「素敵な」お母さんである。忙しいとき、子どもの話を聞くのは厄介《やっかい》である。でも、呼ばれたら、振り返って、相手の目を見る。これだけは実行しよう。

そして、

「ご飯食べながら、聞くからね。ちょっと待っててね」

と、ひと言添えたらどうだろう。

職場でも同じだ。呼ばれたら、顔を上げて相手を見る。加えてひと言。

「いま手が離せない。昼休みでどうだい？」

これだけでも、聞こうという気持ちを伝えることはできる。

子どもにとって、話を聞こうという親の姿勢は、「自分は大事に思われている」

「家族の一員として、受け入れられている」ことを実感する、ありがたい姿なのである。

気をつけたい話を遮るクセ

話を聞きながら、何かを思い出したり、アイデアが閃《ひらめ》いたり、何かが気になったり、といったことは、誰にでもあるだろう。常に相手の話を集中して聞いているわけではない。聞き手としての人間は、

●飽きやすい
●心の状態が変化しやすい
●気が散りやすい

といった傾向を、共通して持っているのだ。

四十歳になったばかりの元気盛りの男性が、グチをこぼしていた。

「妻は、話をちっとも聞いてくれないって、文句を言うくせに、こっちが話している最中、たびたび話を遮《さえぎ》るんですよ。昨日も、私が話していると、窓の向こう

に目をやって、

『あ、また猫が庭に入ってきた。困るのよね、あの猫、悪さをするから』

こっちの話はそっちのけなんですよ」

聞いていて、私は吹き出してしまった。

話している最中に、別の話を持ち出されると、話し手は戸惑い、腹立たしくなる。とはいえ、誰にもあるクセだから、子どもから、

「お母さん、ボクの話をちゃんと聞いてよ」

と注意されたら、改めるようにしたい。

「それで、私、思い出したんだけど……」

と、相手の話を取ってしまう人もいるかと思えば、

「あなたの言ってることがわからない。結局、こういうことなのよね」

と、自分に都合よく話をまとめて、切り上げる者もいる。

いずれにせよ、話し手は自分の話を中断されて、面白いはずがない。家庭でも、職場でも、よく見かけるシーンである。

話は最後まで聞かないとわからない。聞き手も、最後まで聞いてもらえないと欲求不満になり、相手に不信感を抱くことになる。

いつも「お前の味方」という姿勢が大事！

親に言われて嬉しかったひと言

「親と子のコミュニケーション」に関するアンケートで、親に言われて「嬉しかったひと言」という欄がある。回答の中で一番多かったのが、

「いつも最後まであなたの味方だから」

だった。それと同数に近いのが、

「信じてるからね」

で、この二つで大半を占めていた。中には、こんな言葉もあった。

「決して美人ではないが、ほかの子にない魅力がある」

「勉強はできないけど、お前は思いやりがあるから、いいんだよ」

また、

「あなたが一番可愛い」

というのもあり、このあとに「かなり本人は納得していませんでしたが、いやな気にはなりませんね」と、コメントが記されていた。

子どもにしてみれば、「信じている」「頼りにしている」などの言葉は、気持ちの上ではわかっていても、言葉に出して言われると、改めて理解できて嬉しいものなのだ。母親に比べて、普段接触の少ない父親が、自分を信じてくれているかどうか、不安に思うこともあるだろう。そんなとき、母親から、

「お父さんは、あなたのことを信用しているのよ」

のひと言があれば、大きな喜びとなる。

ある女性はこう記している。

「『あなたのことは信頼しているから、何をやっても大丈夫』と言い続けてくれたことは、いまでも心の中に、自分を信じられるメッセージとして、私を支えて

くれています」（アンケートより）

常に変わらずに、わが子に言い続けられるところが素晴らしい。

「あなたの味方だから」も、「信じている」が支えになっていて、子どもを支援する親の気持ちをあらわした言葉である。

中には、こんなひと言を発した親もいる。

「たとえ、キミが人を殺したとしても、何か事情があったのではないかと思うだろう。つまり、いつだってキミの味方なんだよ」

親のこんな言葉に触れた子どもは恵まれているが、口に出さなくても、親は心の中で、このように思っているに違いない。親の子どもに対する愛情は、無条件のものだからだ。いつ、どこで聞いたか忘れてしまったが、次のやりとりが、私の耳に残っている。

「お子さんを愛していますか？」

「もちろんです」

「お子さんを愛するのは、その子が勉強ができるからですか？　成功しているからですか？」

「いいえ、何があろうが、子どもを愛しています」

子どもへの親の思いは、言葉に出して伝えるようにしたい。子どもの自己肯定感を育てる上で、大きな力になるからである。

『フォレスト・ガンプ』という映画があって、ずいぶん前に見たのだが、いまでも印象に残っている。いくらか知恵遅れの男の子が、母親と一人の女性を愛し続けて、大人になり、やがては一人の子の父親になる物語である。

彼は、好きな女性が別の男性と結婚し、離婚し、自堕落《じだらく》な生活に陥って、マリファナを吸うようになっても、彼女を愛し続けるのだ。彼の母親も息子を心から愛し、生きていく上で大切なことを教える。

映画は、彼が子どもの頃、スクールバスを待っているところから始まる。彼は隣のおばさんに話しかける。

「ママが言ったんだ。『人生はチョコレートの箱と同じ。開けてみないと何が入っているかわからない』」

「ママが教えてくれたよ。『靴を見れば、その人がわかるって。どこからきて、どこへ行くのか』」

「ママは何でも、ボクにわかるように説明してくれるんだ」

彼にとって、母親は最高の味方であり、最大の支えであった。

親は、自分が味方であることと、人生を生きる知恵を、言葉によって子どもに伝えていくことである。

子どもがいじめにあったとき

小学校三年生の頃、山梨県の田舎——当時は錦生村《きんせいむら》といい、やがて御坂町《みさかちょう》と地名が変わった（現在は笛吹市）——に疎開していたのだが、父親が病気で、隣村のお医者さんに薬をもらいに行かされた。途中、犬がいたり、悪ガキが何人かたむろしたりしていて、それがいやで仕方なかった。

特に、悪ガキには閉口した。からかったり、小突いたりするからだ。いわゆる、

〝いじめ〟にあったのだが、親には話せなかった。意気地なしと思われたくなかったのだ。

週に一回、全部で何回行ったか覚えていないが、そのうち、自分が気にしすぎていることに気がついて、子どもながらに、ニコニコして、こちらから声をかけるといった知恵を身につけた。

子どもがいじめられているのを知るのは、親にしても辛いことだ。でも、親は騒ぎ立てたり、子どもを責めたりしてはいけない。子どもを信頼し、聞き役に回るとともに、どんなことがあっても、「お前の味方だよ」と告げることである。その上で、

「お父さんも子どもの頃、いじめにあったよ。怖かったよ。それで、どうしたかっていうと……」

こうしろ、ああしろでなく、親の経験を話してみてはどうだろう。それを聞いて、子どもは自分なりの方法を見つけるに違いない。

子どもに「質問」して考えさせる

子どもは質問が大好き

以前、テレビでドラマを見ていたら、父親が、

「パパって、浮気したことあるの？」

と、中学生の娘に質問されて、うろたえ、

「たわけたことを聞くんじゃない！」

などと、おかしなことを口走って、部屋から出て行ってしまうシーンがあった。

父親の姿に、親しみを感じたのを覚えている。

娘にこんな質問をされても、世馴れた人は、

「さあ、どうかな」

と、笑って誤魔化せるだろう。中には、

「浮気をどう定義するかにもよる」

などと、偉そうに答える父親もいるかもしれない。

「男ってのはな、浮気をする動物なんだ」

と言い切る父親もいてほしい気がするが、私には言えそうもない。

子どもの質問に不意をつかれて、答えに窮する大人というのは、よく見かけるパターンでもある。

子どもから、

「ねえ、お父さん、魂《たましい》ってなに？」

と質問された父親が、

「う〜ん」

と一瞬、絶句した。魂っていうのは精神のことだ、と言いかけて、答えにならないと思い、

「そうだね、むずかしい質問だね。お母さんに聞いてごらん」

と、ひとまず逃げた。間もなく子どもが戻ってきて告げた。

「お父さんに聞きなさいだって」

父親は観念して、こう言った。

「よし、じゃ考えるから、ちょっと時間をくれ」

一時間後、あれこれ考えた父親は、子どもに次のように答えた。

「魂っていうのはね、神様が持っているものなんだよ」

「神様が？」

「そうだよ。神様って、白くて薄い布を被《かぶ》っているだろう。その布の中に、小さな丸い玉のようなものがいくつも入っていて、それが魂なんだ」

「じゃ、人間のものじゃないの？」

「うん。神様は一人ひとりの人間に、魂を貸してくださるんだ。だから、目には見えなくても、お前の体の中にも、魂が入っているんだ」

「ふ〜ん」

子どもは魂の存在を確かめるように、胸に手をあてた。

あなたなら、どう答えるだろうか。この父親のよかったのは、いい加減に誤魔化さなかった点だ。面倒になると、

「そのうち、大人になればわかる」

「余計なことを考えずに、早く寝なさい」

などと誤魔化したくなるが、子どもはすぐに気づく。答えに困る質問にも、親が本気で考えて説明すれば、その説明が〈そうかな、ちょっと怪しいな〉と思えても、とりあえず納得する。

質問する際の心得

親は子どもの質問に答えるとともに、子どもに質問を発することも、大事なコミュニケーションの一つである。質問する目的は二つある。

一つは、相手に考えさせるため。部下が、「困ったことになりました」と、額《ひたい》にしわを寄せてやってくる。せっかちな上司は、すぐにああしろ、こうせいと指示を出す。これでは、自分で考え、自主的に行動する部下は育たない。困った現状について、

「どうなっているのか」

「その現状をどう考えるか」

「問題をどう解決したいか」

という三つの質問をして、部下に考えさせるのが上司の仕事である、と心得たい。

子どもにも、

「どうすればいいと思う？」

「どうしたいか、考えてみたら」

と質問して、自分で考えさせる。何でも親が先回りして答えてしまうと、子どもは考えることをしなくなる。

忘れていたり、考えればできることは、

「どうするんだっけ？」

と、問いかけよう。子どもが簡単に、

「わかんない」

と、降参しても、

「なんでわからないの！」

いくのである。

と、叱ったりしないで、

「大丈夫よ、考えてみましょう」

と言って、待つようにしよう。じっくり型の子どももたくさんいるのだから……。

質問に答えることで、子どもは考えをまとめ、言葉で表現する力を身につけていくのである。

質問の第二の目的は、知らないこと、知りたいことを知るためである。学校のこと、友達のこと、先生のことなど、親は子どもから聞かないと、何もわからない。まず親が、

「今日、電車の中でね、高校生の女の子が二人、ポテトチップをポリポリ食べていたのよ。お母さん、ああいうの、いやだな。あなた、どう思う?」

と、会話に誘う。

「別に、いいじゃん」

「じゃ、あなたも食べてるの?」

「わかんないけど、たぶん、食べないと思うよ」

こんなやりとりで、口を軽くしておいて、

「今日、作文提出したんでしょ。あ、それからね……」

などと、聞きたいこと、知りたいことを質問して聞きだす。

話を聞いていて、子どもが嘘をついているな、と気づくこともあるだろう。そんなとき、どうするか。

質問にも相手がいる。こちらの聞きたいことだけでなく、相手の話したがっていることも質問しないと、バランスを欠く。また、相手が話したくないことを無理矢理聞くのは、質問ではなく、詰問である。

「嘘をついてもダメよ。お母さんには全部わかるんだから」

仮にそうだとしても、これでは子どもは嘘がつけなくなる。子どもにだって、隠しておきたいことがある。嘘によって、親とは別の世界をつくり始める子どもを見守るのも、大事なことなのだ。

聞くときは「先入観」をぬぐい去る

聞けなかった経験を生かす

人とコミュニケーションをする際、先入観や思い込みは妨げになる。話す、聞く双方に関係するが、特に先入観に邪魔されて、話が聞けなくなることが多い。その結果、話すときの障害にもなる。


小学四年生の男の子が、学校から帰ってきて、

「ボク、跳び箱が跳べたんだよ」

と、元気よく言った。ところが、母親は、にべもなくこう答えた。

「跳べるわけないだろうよ、お前に」

「跳べたんだよ」

「嘘言ったって、ダメだよ。お前はお父さんに似て、運動神経が鈍いんだから、

跳べるわけないんだよ。お母さんに似ればね、もっと運動神経がよかったのに」

子どもはクルッと向きを変えて、自分の部屋に走り、バタンと音を立ててドアを閉めてしまった。

この母親は、子どもが跳び箱を跳べないと、頭から決めてかかっている。そのため、子どもの言うことに耳を貸そうともしないのだ。

子どもにすれば、これまで跳べなかった跳び箱が跳べるようになった。「やったあ！」と叫んで、家に飛んで帰ってきて、その叫びを真っ先に母親に聞いてもらおうとしたのに、なんと、「跳べるわけがない」の一点張りで、聞いてもらえない。子どもがどれほど悔しい思いをしたか、そのとき、母親は気づかなかった。たまたま参加したコミュニケーションセミナーで、「聞くこと」のレクチャーを受けて、思い出したのである。「私はなんてひどい母親だろう」と、お母さんはしおれていた。

確かに子どもは傷ついただろうが、でも、いまからでも遅くない。正直に謝って、以後、聞き方を改めればよい。

人間、間違いはつきものなのだ。間違いに気づけば、それまでのやり方を改めることができる。つまり、どんな経験にも意味があるのである。以後に生かせるからだ。こうして親も学ぶのである。

久しぶりに孫が遊びに来て、原稿を書いている私の部屋に入ってきた。彼女は部屋の中をもの珍しそうに歩き回り、やがて言った。

「ねえ、このお部屋には、どうしてこんなにたくさんライターがあるの？」

彼女の小さな手の上に、ライターが三つのっていた。

「そうね、この部屋は夏に蚊が出るんだよ。蚊を退治するために、蚊取り線香を焚《た》くんだ。そのとき、火をつけるのにライターがいるんだよ」

六歳の孫は、ふ～んという顔をして聞いていたが、いま思うと、果たしてわかったかどうか。マンションに住んでいて、蚊などいないだろうから、蚊取り線香といっても、わからないのではないか。

私はひと言、

「蚊取り線香って、知ってる?」

と、質問すればよかったのだ。次から、そうする。

聞きながら先入観を訂正する

先入観を持たないで、白紙の状態で話を聞くようにと言っても、無理な話である。人は誰でも、相手や、ひいてはこの世界に対して、自分なりの見方や仮説を持っていて、それにもとづいて話を聞くのだから、まったく白紙の状態で人の話を聞くことなど、できるわけがないのである。

ただし、話を聞きながら、先入観を修正することならできる。聞いてしばらくたってから気づくのでもよいが、聞きながら、その場で気づいて修正ができればさらによい。

とはいえ、これは容易なことではない。染みついた先入観を訂正するには、頭と心のやわらかさが求められる。

女優でエッセイストでもあった沢村貞子さんは、「一家に二本のしゃもじはいらない」などといった名言を残していて、面白い人だなと思っていたら、『しっかり母さんとぐうたら息子の人生論』（岩波書店刊）の中で、次のような発言をしていた。

「だから、わたしは〝なんだ、この子はしょうがないね、イモねえちゃんが〟と思っても、その子がうまいことを言うと、あ、なるほどね、あっ、そうかと思って、すぐ自分を直すのよ。わたしのたったひとつの長所は、そこなんですよ。うちの主人にも言いたいことは、みんな言いますよ。言うけれども、あっ、そうか、向うのほうがいいねえと思うと、それはわたしが悪い、ごめん、直すと言って、すぐに直すことにしているの」

何でもなさそうに言っているが、

●違いに気づくこと
●すぐに直すこと
●悪いと思ったら謝ること

の三点を、その場でできる人は少ない。

歴史上、有名な話がある。坂本龍馬は、勝海舟を斬《き》るために会いに行った。ところが、話を聞いて、すぐに考えを改め、その場で勝に弟子入りしたのである。

自分が絶対正しいと思い込んでいる、頭の固い人にはできない所業《しょぎょう》である。話を聞いて先入観を改められる人こそ、一流の聞き手なのである。

第4章

"成長する脳"へと進化する「ほめ方」「叱り方」

●誰からも愛され、どんなことにも自信を持つ

許しがたい行為は〝怒濤のごとく〟叱ってよい

相手への思いの強さがそうさせる

小学二年生のとき、私たち一家は、山梨県・酒折《さかおり》にある親戚の家の二階を借りて、半年ばかり暮らした。

裏庭には、湧き水が噴水のごとくふき出していて、その向こうには田圃《たんぼ》が拡がり、脇を流れる細い川にはどじょうが泳いでいた。表の通りを横切って歩いていくと、線路にぶつかり、その向こうには山が聳《そび》えていた。山と線路に、道の裏側の田圃の拡がり。これらすべてが、東京から疎開した私には新鮮で、輝いて見えた。

表の通りは甲州街道で、左に行けば甲府、右のはるか遠くは、東京の新宿である。したがって、人やクルマの往来も多く、賑やかだった。

ある日の夕方、私は二階の部屋で、ひとりぼんやりしていた。表通りでは何かあったらしく、人々の叫び声がしていた。そこへ、階段を駆け上ってくる、地響

きのような音がしたかと思うと、母が大声で、

「タケシ、タケシ!!　タケシはどこ!?」

と叫びながら、血相を変えて飛び込んできた。

「どうしたの、お母さん」

私の姿を見て、母は、

「ああー」

と言って、そのままへたり込んでしまった。表通りの騒ぎは、男の子がクルマにひかれ、その子の名前が私と同じ「タケシ」と言うらしく、母がまさか私ではと動転して、二階に駆け上ってきたのだった。立ち上がって近づくと、母の顔色は真っ白だった。

あのときの母の凄《すさ》まじさは、まさに子を思う母親の姿そのもので、その迫力に圧倒された。

ときに、親が子どもを、圧倒的な迫力で、怒濤《どとう》のごとく叱る。その迫力には、

親の強い思いが漲《みなぎ》っている。その思いに圧倒され、子どもは怖さにふるえ、ビンタの痛さに耐えもするのである。

強い、激しい叱りには、やむにやまれぬ親の思いが込められている。だから、子どもの心にも届くのだ。ここぞというとき、親は子どもを怒濤のごとき勢いで叱ってよいのである。

絶対に許せないことをしたとき

「ここぞ」というのは、親にとって「絶対に許せないこと」を、子どもがしでかしたときである。

ある女性は、小さい頃、親に叱られた経験を次のように綴っている。

「兄と一緒になって、親の貯金箱からお金を盗み、お菓子やらおもちゃを買って遊んでいたところ、親に見つかってしまいました。親は私たちの目の前で、そのおもちゃをハンマーでかち割り、大声で叱りつけられました。しかも、それだけですまず、親に交番に連れて行かれ、

『逮捕してください！』

と、突き出されました。お巡りさんは、

『今回は特別だよ！』

と言ってくれました。私は泣きながら二度としませんと約束をし、拇印を押して、帰してもらいました」（アンケートより）

わが子を交番に連れて行くという、思い切った行動に親が出たのも〈絶対に許せない〉〈二度と同じことをさせない〉との思いがあって、とっさの判断でしたことであろう。

この話には、親の愛情にもう一点、賢明さも加わっているように思う。愛情から発した激しい叱責には、大人の読みもどこかに働いていて、それは叱り方の工夫にもつながっていく可能性を秘めているのかもしれない。

「子どもの頃——小学校一年生か二年生の頃——友達の家で遊んでいたとき、友達の、当時流行《はや》っていたキン肉マンの消しゴムのオモチャを、黙って持ち帰ってしまいました。それが両親にバレてしまい、凄まじい叱られ方をしました。母親は馬乗りで私の胸ぐらを掴《つか》み、父親はその隣りで腕組みをして見ていました」（アンケートより）

両親は凄まじく叱っているのだが、この場合、横で腕組みをして見張っている父親は、彼と彼の母親の双方に目を配っていたのではないか。

許しがたいことをした子どもを、親は激しく叱る。そして、二度と同じ間違いをしないようにとの思いを込めて工夫を加えるのだ。

年に一度、雷を落とす上司

家庭でも職場でも、激しい叱責はまれなことである。これまで、一度もしていないし、されたこともないという人もいるだろう。

私も、母親から激しく叱られたのは、あとにも先にも一回しかない。日頃、穏やかで静かな母が、手を振り上げ、襲いかかってきたのには驚いた。

いまでは、相手が震え上がるほど叱る人はほとんどいないようだ。でも、生きているうちに一度か二度、このような経験をすることは、相手のためにも、自分の肚を据えるためにも大切なことだ。

かつて、会社の専務をしていた私の知人は、普段はにこやかで穏やかだが、年に一度は、激しい雷を落としたという。

専務が雷を落とすと、周囲はふるえ上がり、「専務は怒ると怖い」と、知られるようになった。

もちろん、見かねることがあったときに限って、雷を落とすのだが、そのときは腹の底から大声を発して叱る。彼は、

「こちらにも考えがあって、計算のうえで叱るんです」

と言って、微笑んだものである。

「親の見識」が問われる叱り方

何をどのように叱ったらよいか

「悪いこと」「危険なこと」「間違ったこと」「無責任なこと」「悪ふざけの冗談」

などが、子どもが親に叱られる「やってはいけないこと」の代表として、よく挙げられる。

悪ふざけの冗談として、こんな例もある。

「小学校三年生のとき、小遣いをもらう際、冗談で、

『哀れな乞食にお恵みを』

と言った瞬間、

『お前を哀れにも乞食にもした覚えはない』

と、思い切り殴られた」（アンケートより）

子どもの冗談が親に通じなかった例である。このような経験を通じて、子どもは自分の話したことが、その通り伝わらない場合があることを覚えていくのである。

具体的な行為として多いのは、

「連絡もしないで遅く帰ること」

であり、どの親も、この点については厳しく叱っているのが現状だろう。にもかかわらず、「連絡もしないで遅くまで遊んで帰る」のは、後を絶たない。子ど

もに限らず大人でも、電話一本入れればいいものを、それも怠り、深夜の帰宅となって、妻に大目玉を喰らっている夫もいるのだから、この問題は根が深い。

親の叱り方も、

「遅かったじゃないの。いったい、何やってたのよ。いい加減にしなさい！」

と、口やかましく言うばかりでは、〈うるさいな〉と思われるだけで、たいした効果はないだろう。逆に、こんな例もある。

「中学生の頃、連絡もせず遅くまで遊んで帰りました。母がずっと待っていてくれ、叱られるとばかり思っていたのに、叱らずに泣きながら、

『信じているから大丈夫』

と言ってくれました。無闇に怒る人だと思っていたので、泣きながら言われたあのひと言は効きました。もう、悪いことをするのはやめようと思いました」（アンケートより）

母親の涙は、普段無闇に怒ってばかりいた娘への思いも、手伝っていたのかもしれない。女性には、頭で考えるというより、子どもの気持ちを体で感じとるセ

ンサーのようなものがあって、それが叱るときに自然に働くのではなかろうか。

なお、

「連絡ぐらいしなきゃダメじゃないの！」

と、叱りつけておいて、素直に連絡してきたときは、

「連絡してくれてありがとう。じゃ、待ってるからね」

と、やさしく受けとめることだ。

「えッ、また遅くなるの。いったい、どこにいるのよ。誰と一緒なの？」

などと、矢継ぎ早に追及されたら、

〈だから、連絡するの、いやなんだよ〉

と、子どもに思わせてしまう。この辺の心情は、夫が、会社の飲み仲間と一緒の席を外して、

「遅くなるから」

と、連絡するケースとも共通する。

「またァ、……いい加減にしてよ、昨日も遅かったんだから」

気持ちはわかるが、

「パパ、また遅くなるって。悪いパパなんだから」

などと、横で聞いている子どもを巻き込むようなことはやめよう。ここは、

「わかったわ、じゃ気をつけてね」

と、明るく受けておく。子どもが、

「ママも、大変だね」

などと、言うかもしれないが……。

なぜ叱るかをきちんと伝える

叱る者は、普段から、何をしたら叱るかをはっきり相手に告げておく必要がある。いわば、叱る際の自分の考え、方針のようなものを明確にしておくのである。

ずっと以前のことだが、友人宅に遊びに行ったときのことだ。

二人とも、すっかり酔っ払って、勝手なことを言い合っているところへ、高校生の息子がのっそり入ってきて、私の横に座った。

「何年生?」

「二年」

「お父さんに似て、背が高いな」

彼は体をもぞもぞ動かしていたが、

「ねえ、おじさん。ウチの親父は、ボクが何もしないのに、怒るんだよ。そんなのないよね」

と、言い出した。

「何もしないのに怒る? 本当か」

「本当だよ」

そりゃおかしいな、と言おうとしたところ、友人が、酔った顔を息子へ向けて言い放った。

「おい、ちょっと待て。オレはお前が自分で何かしたことに対して、怒ったことがあるか。何かすれば、失敗したって怒りゃしない。お前が、自分から何もしようとしないから怒るんだ。わからんのか、オレの言うことが……」

酔って呂律《ろれつ》が多少回らなくなっていたが、言っていることはしっかりしている。「オレは、お前が何かすれば、叱ったりしない」――か。これは、親として大人としての一つの見識であって、立派なものじゃないか。息子より、私のほうが感激して、「お前もいいこと言うじゃないか」

と、友人の肩を叩いたものだ。

叱る方針の明確化は、叱り手に気分で叱らない態度を要求する。自分が不機嫌であるがゆえに、子どもや部下に当たり散らすというような叱り方は、相手の気持ちを不安定にさせる。よくない叱り方だ。

間違って叱ったら、素直に謝る

相手の言い分を聞く

叱るのもコミュニケーションである以上、叱る一方では問題を残す。強く言い渡さなくてはならないケースもあるが、それはまれなことである。

　叱る側からすれば、
●部下がきちんと仕事をしない
●子どもが親の言うことをきかない
といった状況に出会い、イラ立つ。そこで、一方的に、

「いったい、何やってるんだ！」

「なんで言うことをきかないの！」

と、声を荒《あら》らげてしまう。

叱られる相手にも、言い分がある。

〈こちらの状況も聞かずに、頭ごなしに叱るのはやめてもらいたい〉

〈理由を聞かずに、いきなり叱らないでほしい〉

こう思うのは当然だろう。

そうした言い分を口にすればするで、

「口答えする気か」

「何よ、文句があるの」

などと凄まれるので、仕方なく黙ってしまうが、その姿には不満がありありと滲み出ているのだ。一方的な叱責は、叱り手が感情的になっていることが多く、往々にして確かめもせずに叱るので、間違いがあったりする。

C係長は、部下のH君を呼んで、

「ダメじゃないか。そういうことがあったら、ちゃんと伝えておかなくちゃ！」

と、大声で叱り飛ばした。

実は、大事なお得意先であるW社から、

「提出してもらった企画の内容について、一部修正を、昨日お願いしておいたんですが、その後、いっこうに連絡をもらっていないので、いったい、どうなっているのかと思いましてね。こちらも急いでいるんで、困るんですよ」

とのクレームが入ったのである。

そんな電話があったことなど知らないという者が多く、

「いったい、誰が電話を受けたんだ」

となって、犯人はH君だということになり、それが係長の耳に入ったのである。H君は、普段から表情が暗く、そのうえ、口が重い。自分から話すことは滅多にない。電話を受けても、自分なりに飲み込んで、まわりに伝えなかったこともある。H君が槍玉にあげられたのは、こんな理由による。

H君の日常を思えば、まわりの反応も無理からぬところはあるものの、係長はひと言、

「W社の件だけど、君は電話を受けなかったのか」

と、確かめるべきだった。それを、

「電話を受けたのはキミだろう」

では半ば決めつけとなる。まして、いきなり、

「ダメじゃないか！」

と、叱りつけるのは、上司として慎むべきひと言である。

実際、この例では、電話を受けたのは別の人間で、連絡するのを忘れていたこ

とが翌日になって判明した。係長は間違った叱り方をしてしまったのである。

あなたはすぐに謝れるか

叱るときは、「自分は正しく、相手は間違っている」と、思い込んでいるために、自分が間違っているなどとは、さらさら思っていない。

「親の言うことは正しい」

もちろん、こうありたいものだが、現実と希望とはイコールでつながらない。親だって間違える。そう考えるほうが柔軟なコミュニケーションが取れる。ここでの要点は、

①先に相手の話を聞く
②間違って叱ったら、謝る

の二点である。②について、事例を紹介しよう。

「息子が小学一年生の頃、私の母が腸閉塞を起こしました。

苦しんでいる母を学校から帰った息子が、タクシーで病院へ連れて行きました。

連絡を受けて病院へかけつけた私は、事情を聞いて開口一番、

『なんで救急車を呼ばなかったの!!』

と、息子を叱りつけてしまいました。

息子は目にいっぱい涙をためて、言葉にできない怒りを私に向けていました。

看護師さんから、

『お母さん、息子さんは精一杯のことをしたんですよ』

と言われてしまいました。

ずいぶんあとになって、仕事で帰りが遅くなるとき、息子の相手をしてくれるベビーシッターさんから、そのときの話を聞きました。息子は救急車を呼ぼうとしたのですが、気丈な母はそれを固辞し、タクシーを止めるよう、息子に頼んだということでした。

すぐに息子と話し、遅くなりましたが、お礼を言いました。

『おばあちゃんを助けてくれてありがとう』

と。息子はクレヨンしんちゃんのものまねで答えてくれました。

『それほどでも』」（アンケートより）

この親子はいったい、どうなっているのか。羨ましさから、軽い嫉妬を私は覚えてしまったのだが……。

親や上司は、自分の間違いをなかなか謝れないものである。でも、正直に謝れば、この男の子のように「それほどでも」と、受け入れてくれるのかもしれない。親や上司が謝ってくれることを、嬉しく感じるのではなかろうか。

“ものわかりのよさ”が逆効果になるとき

母親の「信じているから」のひと言

小学校の高学年から、中学・高校にかけて、子どもは親や社会に対して、反発・抵抗・不信などの感情を抱き、それらを強めていく。

●親に口答えする
●乱暴な口をきき、汚い言葉を使う
●連絡をしないで、遅く帰る
●無断で学校を休む
●タバコを吸う、おかしな服装をする
●ケンカをする、教室のガラスを割る

など、大人のあなたには身に覚えのあるものもあるだろう。

一度は経験するこれらの行為は、大人の社会のしばりを破って、自立しようとする子どもたちの心のあらわれで、いわゆる「反抗期」と称する時期にお馴染みの現象である。

親は、口答えや文句の多くなったわが子に、腹を立てたり、心配になったりする。どう接したらよいか、戸惑うところだ。しばしば言い争いになったりもするが、母親としては、やさしく受けとめるのが第一。

母親が、小学五年生の男の子に、

「今日はお父さんの会社の人が来るから、あいさつや返事は大きな声ではっきり言ってよ」

と言うと、

「うるせえな、わかっているよ」

と、口答えしたとする。ここで、

「そんな偉そうな口きいて、できないくせに」

と言い返したら、子どもの心に「できない」というイメージが張りついてしまう。子どもの口答えは自立心のあらわれととらえて、

「わかってるのね、頼もしいわ。じゃ、お母さん信じてるからね」

と、ひと言言う。あとは子どもにまかせる。しつこく、くどくど言わない。とかく母親は以前にあったことを引き合いに出して、何度も言う癖がある。

〈前のことを持ち出して、怒るのはやめてほしい〉

というのが子どもの正直な気持ちだろう。

この時期、親から離れようとしている子どもに、心配だからと、いろいろと口

をはさみ、世話を焼き、干渉するのは、子どもの、

「うるせえな」

をまねくもとである。

できることは何でもやってやろうとする母親の過干渉は、子どもの自立を妨げているのである。

父親の厳しい叱責を必要とする時期

反抗期の子どもが、
●守ると決めたルールを破る
●親をバカにした態度をとる
●汚い言葉を使う
などの行為が目についたら、父親は断固とした態度で、この章の初めに述べたように〝怒濤のごとく〟叱るべきである。

反抗期の男の子が、母親を蹴った。そのとき、私の知るある父親は、子どもを

◉子どもを厳しく叱るときの心得

① 愛情を持って叱る
●相手への心からの愛情があってこそ、厳しい叱責が生きる。

② 許せないことを叱る
●断じて許せない行為・態度に限ってなされること。

③ 言葉づかいを叱る
●「テメエ」「くそババア」など、汚い言葉を発した瞬間、厳しく叱る。

④ 感情的に叱らない
●「可愛さあまって憎さ百倍」で叱るのは、厳しい叱責とは異なる。

⑤ 叱った理由を説明する
●厳しく叱ったあと、時間をおいて、理由を短く説明する。

殴りつけ、

「二度とお母さんに手を出すな」

と、これ以上ないぐらい、叱りつけたという。

子どもが親に反抗するのは、より強い力が前に立ちはだかってほしいと、望んでのことでもある。大きな壁を前にして、無力な自分を感じながらも、それを乗り越えようとすることで、子どもは育つのではないだろうか。そして、逞しい男性、魅力ある女性になっていくのではなかろうか。

「アンケート」の中から、次の例を紹介したい。

「中学生の頃、門限を破ってしまい、帰ってみると、自分の部屋の机やタンスすべてが外に投げ出されていました。ビックリして玄関のドアを開けたら、父親が玄関で日本刀を持って座っていました。

それからは殴られる、蹴られるなど大変なことになり、自分のしたことを反省するより、早くこの場が終わることだけを考えていました。その後、寒い中で片づけをしていたら、母親が、『バカねえ』と言いながら手伝ってくれて、救われた気がしました。

あれ以上に怖かった思い出はありません」

この頃、彼女は、ちょっとだけヤンキーだったのではないだろうか。父親にすれば、肚に据えかね、ここらでとばかり、思い切り叱りつけたのだ。叱りの勢いの凄まじさは、

「あれ以上に怖かったことはない」

との強い印象を、子どもに残すことになった。

親に圧倒的な力を見せつけられながら、子どもは心の奥底に、この親のために

自分もしっかりしないと、との思いを抱き始めるのではないか。私は、そんなふうにも考えるのである。

反抗期の子どもにとって、親の甘い言葉や、ものわかりのよい態度は、およそ似つかわしくない、逆効果のメッセージなのだ。

人が育つ環境とは

人は育てるものではない、育つものである、とはよく言われることだ。私もそう考える一人である。

大人の役目は、子どもが育つ環境をどう整えるかにある。反抗期に、子どもが親の言うことや、やることに歯向かうのは、自分の力を試そうとしているのでもある。

この時期、親に叱られて、子どもは二つのことを自覚する。

- ●世の中、自分の思いどおりにいかないものである
- ●だからこそ、自分に力をつけ、人に協力しなくてはならない

このことを理解し、受け入れることができれば、中学・高校時代に周囲に多少面倒をかけたにしても、しっかりした大人に成長していく。

こんな〝叱らない〟叱り方もある

人は気づけば改める

どんなメッセージも、相手に届かなければ存在しないのと同じことである。メッセージが届いても、それを相手がどう受け取るかが、これまた問題である。

「叱る」のは、相手の行為や態度に対して、

「それはダメだから、改めなさい」

と、告げることである。否定し変更を迫るメッセージであるだけに、当然のことながら、こちらへの抵抗や反発が予想される。しばしば、

●怒る——喰ってかかる

●泣く——泣き叫ぶ

などの反応に出合うために、「叱らない親」「見て見ぬ振りをする上司」なども、出てきてしまう。もちろん、これは逃げであって、問題の先送りをしているにすぎない。

●黙る――無言で睨《にら》む

叱りの言葉は苦い薬だが、飲んでもらわなくてはならない。人は叱られて育つからである。そこで、どのようにして飲んでもらうかの工夫が必要になる。

ある母親は、どうしたものかと、頭を悩ませていた。中学二年になる娘の姿勢の悪さにである。特に、食事中に、背中が丸かったり、片肘をテーブルについたりするのを見かねて、その都度、

「ほら、またやってる！」

と、口やかましく叱るのだが、

「わかってる」

と答えるだけ。

「わかってないから言ってるんじゃないの」

「うるさいんだから」

こんなやりとりの繰り返しだ。

「あなたから言って下さいよ」

と、夫に言えば、

「まあ、そのうち直るさ」

と、逃げてしまう。

ところが、ある朝のこと、娘の姿勢が見違えるほどよくなっているではないか。背筋は伸びているし、片肘をつけることもない。

〈いったい、どうして?〉

答えは簡単。先輩の家に遊びに行って、夕食をご馳走になった。食事をしている先輩の姿が美しくて、思わず見とれてしまった。それに比べて自分は、と振り返って恥ずかしくなったのだ。

あれほど母親に言われて改まらなかった彼女の姿勢は、その日を境に、一変してしまったのである。

人は、足元に水溜りがあるのに気づけば、跨《また》いで通る。本人が気づけば、叱らなくてもすむ。どのように、気づかせるかだ。

一つには、親の気づかないところで、子ども自身、気づく場合である。父親の「そのうち、わかるさ」も、あながち無責任とも言い切れない。子どもが先輩や部活のコーチ、出会った人などから、気づくケースもありうるからだ。

二つには、親がエピソードなどをさり気なく話して聞かせるというもの。

高校生の頃、M子さんは男子生徒と一緒になって、バイクを乗りまわし、男子同様に暴れていた。

普段、何も言わない父親があるとき、彼女に言ったそうだ。

「お前、西遊記に出てくる孫悟空を知ってるだろう。好き勝手に暴れ回っている悟空に三蔵法師は言ったそうだ。『悟空よ、好きな道を行け。どの道も天竺《てんじく》に通ずる』」

たったこれだけだったのに、彼女はピンとくるものを感じて、高校卒業の頃には、普通の生徒に戻っていたという。

現在三十三歳のM子さんは、「アハハハ」と笑ってから、こう言った。

「父親のほうが一枚上手でした。孫悟空と同じで、私は父親の手の中で跳ね返ってただけだったんですよね」

質問して、気づかせる

相手の見かけに反応して、いきなり注意したくなる場合がある。でも、一呼吸おいて、気持ちを落ち着かせ、質問から入ってみる。


ある市役所で、入職前研修を二月に実施したときの、女性講師の話である。入職予定者の中に、一人困ったのがいると、研修担当者から聞かされた。

「金髪で、ものすごい髪型をしてるんですよ。うまく注意してもらえませんか」

見ると、なるほど完全な金髪だった。

でも、実によく手入れをしている。

「あら、あなた、髪、ずいぶんきれいにしてるわね」

「ハイ」

「どのくらい時間かかったの？」

「美容師二人で、四十分か五十分かかったと思います」

「そうォ。……あなた入ったら今度、消防士になるのよね。前職はなんだったかしら」

「県警を一月に辞めて、実家に戻ってきました」

「そうなの。警察も消防も、制服制帽の世界っていうわけよね」

「ハイ」

「だからいま、いろいろと髪型を変えて、楽しんでるってわけね」

「そうなんです」

「で、四月一日は、どんなふうにするのかな」

「黒くして、普通の自分に戻ります」

見かけは困った相手でも、質問を重ねていく。案外抵抗なく、応じてくるものである。

叱りの言葉は痛いところをつくだけに、できるだけ短いのがよい。叱らずに、気づかせることができるなら、叱りの言葉はなくてもよい。間違いをして、相手が「悪かった」と、充分に反省しているのなら、あえて叱る必要もない。

自信を与え、成長を促すほめ言葉

人はほめ言葉によって育つ

幼児は、ほめ言葉のシャワーを浴びながら、育っていく。人間の成長とは、できないことができるようになる過程である。

できないことができたとき、親は子に、

「わあ、すごい！」

「できた、できたじゃないか！」

と、ほめ言葉を浴びせかける。幼児は、ほめられても嬉しいと感じたりしないし、ほめられたことをいちいち、覚えてもいない。でも、ほめ言葉という栄養をたっぷり吸収して、育っていくのである。

親の純粋な喜びが刺激となって、子どもの成長を促すのであって、親も特別意識してほめ方を工夫しているわけではない。

子どもも三、四歳となると、思いがけないことができるようになったりして、親を驚かせる。もちろん、親は大喜びして子どもをほめる。

三歳の女の子が、保育園からの帰り、ママと一緒に公園に寄った。そして、「私、ブランコに乗りたいの」と言って、ブランコのほうに走って行った。あいにく、ブランコには年上の子が乗っている。女の子はブランコのまわりをぐるぐる回りながら、「乗せて」「代わって」と言うのだが、相手は知らん顔。

すると女の子は、年上の子の傍らに行き、力一杯声を張り上げて、「一つ、二つ、三つ」と数え始め、「七つ、八つ、九つ、十」。十までいくと、さらに声を張り上げた。

「おまけの、おまけの、汽車ぽっぽ。ぽおっと鳴ったら、代わってよ！」

一瞬、間をおき、最後のひと言。

「ぽおーッ！」

全身の力をふりしぼって、年上の子に向かって言った。すると、なんと年上の子は、ブランコを代わってくれたのだ。

近くで見ていたママは、わが子ながらすごいと、拍手してしまったそうである。女の子はブランコに乗って、ニコニコと満足そうだった。


女の子はブランコに乗れたのが嬉しくて、母親のほめ言葉には見向きもしなかった。ブランコから降りて家までの帰り道、母親は、

「お母さんびっくりした、なごみちゃんってすごいんだね」

と、幼い娘を何度もほめたが、彼女は何をほめられたのか、そのときはわからなかっただろう。

とはいえ、自分が受け入れられていることは伝わってきて、それが彼女の笑顔

となってあらわれる。子どもはこうして育っていくのである。

ほめる目的は何か

子どもはどんどん大きくなって、小学校、中学校へと進む。それにつれて、「ほめ方」はむずかしくなってくる。ほめ言葉を、シャワーのように浴びせるだけではすまなくなるからだ。

第一に、ほめることが、親の期待に沿わせる手段のように使われ、親の言うとおりにする子どもには、「お前はいい子だ」「よく頑張ったね」と、ほめる。その結果、

「自分がほめてほしいことでは、ほめられた記憶はない。テストの点がよかったり、大学に合格したときなど、親が望むことでは喜んでくれたが、そんなに嬉しくなかった」（アンケートより）

ということになる。

第二に、相手を喜ばせることに傾注すると、いつの間にか、「ほめる」が「お

だてる」「機嫌をとる」と、区別がつかなくなってしまうという点だ。

親がほめるのが、子どもの機嫌をとることと変わらなくなったら、子どもを甘やかすことになり、思いどおりにいかない現実に、きちんと対処できる力を養う上で障害にしかならない。

第三に、ほめるを「うまいことを言って人を誤魔化す術」と誤解して、ほめるのもほめられるのも好きではないという人が少なくないということだ。

「ほめ言葉は、どうもうさん臭くて信用できない」

と言う人もいる。

幼児期には、親は純粋にほめ言葉を口にし、子どももそのまま受け入れる。その時期まではよいのだが、子どもが大きくなるにつれ、ほめ言葉が歪《ゆが》んで使用されるようになり、正常に機能しなくなる。これが現実とすれば、ほめる目的を確認して、ほめるコミュニケーションの見直しをする必要がある。

ほめるという行為は、人が育つのを促すために行なわれるコミュニケーションである。相手が嬉しくなり、自信を得られるようでなくてはならない。そのために、何をどうほめたらよいか工夫するのである。

親が喜ぶ姿も、ほめる働きをする

何かにつけ、母はほめてくれたが、父はほめてくれない、という話をよく耳にする。かつての父親は、

●照れ屋で、ほめ言葉が言いにくい
●口ベタで、うまくほめられない
●ほめると甘くなる、と考えてしまう

などの理由から、ほめるのが苦手だったようである。でも、ほめるのは言葉だけとは限らない。母親は抱きしめたり、手を握ったりするが、父親だって、態度で示せるのだ。

「あるとき、父と地域の人たちの旅行に行き、途中、バスの中で歌をうたったところ、みんなにほめられました。そのとき、父の嬉しそうな表情を見ました。それから、だんだんと人前に出ることに自信が持てるようになりました」（アンケートより）

それまで、何事にも自信がなく、声も小さい女の子だったという。それが、父親の嬉しそうな表情を目にして、自信を得たのである。

子どもは親の態度を見ているものだ。子どもが歌ったり話したりしているとき、大人は大いに嬉しそうな姿を見せることである。

結果よりも「頑張る姿」をほめる

長所を発見する

ほめるのだから、「長所」「よい点」をほめるのは当然だが、問題は長所を見抜くのは案外、むずかしいという点である。半面、短所は目につきやすい。そして、長所と短所は表裏一体とも言えるのである。

親から「なんでもやってみればいい」と言われて、実行に着手する早さは身につけたが、お蔭で、「やってみてから考える」計画性のない人間にもなってしまいましたと、アンケートに答えた女性がいる。

この彼女は、何か始めるときの勇気と原動力を親の言葉からもらっているのだ。実行力も計画性も、それぞれプラスとマイナスを含んでいるのである。

「君の実行力はすごいね。それに計画性が伴えば文句なしだが、あんまりできすぎも近寄りがたいしね」

こんなほめ方をしてくれる人がいたら、彼女も応じやすいだろう。

「じゃ、どうすればいいんですか？」

「わかってることを聞くなよ。もちろん、計画性をも……ね」

できないことができるようになる。そこには、ある力が必要になる。必要な力を持ち合わせている人は、その力が長所となる。

「幼稚園くらいの頃、スイミングスクールに通い始めましたが、水に顔をつけるのが怖かった私は、洗面器を洗面所に持っていって水をはり、それに顔を突っ込んで練習をしていました。それを見つけた両親が、私のことを頑張り屋だといって、いろいろな人に話してくれました」（アンケートより）

「できない」と放っておいたり、他人に頼るのでなく、できるようになるまで、自分で頑張る。そうした子どもの頑張る姿を称《たた》えた親のほめ方は、なかなかなものである。

欠点と長所は表裏一体、欠点は長所に通じる。とすれば、長所をほめるとは、「欠点をほめる」ことに通じる。あなた自身、あるいはわが子の欠点を挙げて、ほめてみてはどうか。

「走るのが遅い」

短距離は無理でも、長距離ランナーとしてならば、力を発揮するかもしれない。マラソンの宗茂、宗猛兄弟の母親は、子どもたちが百メートル競走でビリになると、こう言ったそうである。

「あなたたちには、百メートルは短すぎるのよ」

プロセスをほめる

成果主義の世の中である。確かに成果は大事だが、成果さえあげれば、手段は問わないとしたり、プロセスがよくても結果が出なければ意味がないと決めつけるのは、極論ではなかろうか。

極論には弊害が伴う。成果さえあげればよしとした結果、職場で働く人たちは自分のことしか考えなくなり、バラバラになり、チームとしての結束力を失ってしまったという例も出始めている。

山形から出てきた二十代半ばの女性が、話し方のセミナーで、

「結果はどうであれ、途中の努力をほめてくれた母が、私は好きです」

と述べていたのが、印象的だった。

目立つ結果だけでなく、見落としがちなプロセスに注目しよう。すべての結果は積み重ねなのだから……。

思いがけないところをほめる

ほめられると思っていたのに、ほめてもらえなかったら失望するし、口惜《くや》しい思いにかられるだろう。

百点に近い、いい成績をとってきたのだから、当然、

〈すごいね、よくやったね〉

と、ほめてくれるかと思ったのに、

「お前はよほど、数学が好きなんだな」

という言葉で片づけられたら、ショックを受けるだろう。

このあたりは、案外むずかしいところで、親は軽い気持ちで言ったにすぎないにしても、子どものほめてもらえるという、期待を見落としている。職場でも、これに似た失敗をする人は少なくない。

逆に、ほめられると思っていないことでほめられるのは、嬉しいものだし、自信にもつながる。

つき合い始めた女性から、

「そう言ってくれたのは、あなたが初めてです」

と言われ、男性は驚いた。

「え、そうなんですか」

この場合、「初めて」という言葉には、

「あなたは特別な人」

という意味が込められている。


アンケートの回答で、子どもの頃、「親にほめられたこと」でよく出てくるのは、

「絵をほめられました」

「料理が上手だって言われました」

「百点をとって、えらいと言われた」

などである。


友達について、親からほめられた女性がいる。子どもの頃は、とかく「悪い友達とつき合っちゃダメよ」と、文句の対象になりがちであるだけに、ほめられるのは嬉しいものだろう。

「友達は作ろうと思っても作れない宝物。たくさんお友達がいるって素晴らしい」

子どもにこう言ってやるためには、子どもの友達について知らなくてはならない。

子どもを〝評価〟する基準をどこにおくか

「達成フィードバック」とは

何度かやり直してやっと仕上がった。子どもは大きな声で、

「やった、できた！」

と、叫ぶ。近くにいた母親は――、

「そんなの、お母さんだったら一回でできるわよ」

子どもはお母さんではないし、言うまでもなく、子どもは子どもであって、しかも、自分のお腹を痛めた子であろうとも、自分とは別人である。別の人格としてとらえる視点が欠けている。

もう一点、この言い方の問題点は、「できたこと」をほめるのでなく、「できなかったこと」を非難している点である。前にも述べたとおり、「成長」とは「できなかった」ことが「できるようになる」ことである。「できるようになる」の

を促すのが、親のほめ言葉である。

ここで、子どもにとって、親にとってもだが、もっとも気になる、学校の成績についてのほめ方を取り上げてみよう。

ある女性はこう書いている。

「自分の親が、九十点の答案用紙を持ち帰ったら、取れなかった十点を責めるタイプの親だったので、私は、取れた九十点をほめる親になりたいと思っている。だから、子どものうちに、ほめられる経験をたくさんしてもらいたいと思っているので、大げさなくらいにほめるのだと思う」（アンケートより）

親の気持ちからすれば、九十点取れたのだったら、なぜ、頑張ってもう十点取れなかったのかと、口惜しくもなるだろう。そこで、

「どうしたの、なんでもう十点頑張れなかったの。九十点と百点じゃ、大違いなんだからね、わかってるの」

と、責めてしまいそうになる。でも、九十点も取れたというのも事実なのである。

柏木惠子氏は、著書『子どもが育つ条件』（岩波書店刊）の中で、「子どもがしたことに対してフィードバックすることは、応答性の一つです。これには二種あります」として、「達成フィードバック」と「欠如フィードバック」を挙げている。

「達成フィードバック」とは、子どもが達成したことに対してなされるプラスのフィードバックである。

「すごい、九十点だよ。よくやった」

「九十点、こんなにできたの」

と、まさに、取れた九十点をほめるやり方である。

「欠如フィードバック」とは、達成できなかったこと、不足や欠如に対してなされるマイナスのフィードバックをいう。

九十点取れているにもかかわらず、

「まだ十点足りないぞ」

「もっとできなかったの、仕様がないわね」

と、できなかったことを責めるやり方である。

できたことに満足せずに、できなかったことを非難する傾向がないだろうか。九十点でなくてもいい。八十点でも七十点でも、できたところをほめる。子どもは親の評価を常に気にしているものだ。

できたことに満足して、

「よくやったじゃないか」

「すごいわね」

とほめて、親からプラスの評価を得ていること、もっと自信を持っていいことを、子どもに伝えたい。

「あとは上がるばかりだからな」

成績が悪い。子どもは悩むが、それを知った親も、腹立たしくなる。

中学校で、国語の先生をしていた、ある人の話である。小学校に通っている自分の息子が通信簿を持って帰ってきた。叱られるのを覚悟の上といった、しょんぼりした姿だったので、いやな予感がした。

国語の成績を見ると、なんと「2」のところに○がついている。思わず、

「いったい、何を勉強していたのか！」

と、大声を張り上げたくなったが、こらえた。小さくなっている子どもの姿が目の前にあったからだ。

一息入れてから、ゆっくりと、

「おい、だいぶ低空飛行だな」

と言った。

子どもは、「?・」という表情になった。

そこへ、ひと言。

「心配するな、あとは上がるばっかりじゃないか」

とっさに、こんなひと言が言えたら、と私は思ったものだ。

この先生はもう亡くなられている。その昔、私が話し方を教わった、原まさるという先生である。こういう先生や親がいたら、子どもたちは伸び伸びと育つことだろう。

子どもを何で評価するか

理由はともかく、小学校・中学校をまったく勉強せずに卒業した私は、この年になっても、基礎知識の欠如のために、戸惑ったり、恥をかいたりすることがある。勉強はしておくべきだ。だが、しかし、勉強ができるできないだけで、子どもの評価はすべきでない、と考える。

「中学生の頃、テストでものすごく悪い点をとったとき、これは絶対怒られると思って親に見せたら、

『見たことない点数だね』

と、笑って言われただけで、怒られなかった。うちの親は勉強ができる、できないということだけでは、子どもを評価しないんだということが嬉しかった」（アンケートより）

勉強の出来はそこそこだけど、愛敬があって、きちんと人と会話もできる。そんな子どものほうが人に好かれることを考えると、勉強の出来不出来だけで、子どもは評価しないほうがよい。

子どもをほめるときの「三つの心得」

タイミングを心得る

ほめられて、「嬉しくなる」「自信が湧く」「意欲が高まる」のは、ほめ言葉自体よりも、受け取る相手の心の状態によるほうが大きい。

いつ、どんなタイミングで言うかは、ほめ言葉が生きる大事な条件となる。

帰宅した夫がいきなり、

「部長にはまったく頭にくる」

と、文句を言い始めた。妻はあいづちを打ちながら、話を聞いた。夫は新規顧客へのプレゼンテーションを行なったのだが、うまくいかず、せっかくのチャンスを逃がしてしまった。入念に準備して行ったのだが、同業他社が一歩まさっていたため、敗れてしまったのだという。

「オレだって、部長からこの仕事はぜひ取れ、社の命運がかかってるんだと言われて、全力で取り組んだ。でも、力及ばなかった。もちろん、すまないと思ってるよ。だけど、あんな言い方、ないだろう。役立たず、見損なった、肝心なときにヘマやりやがってだなんて、いい加減にしてほしいよ、まったく」

肚に据えかねたのだろう、しばらく文句を言い続けたが、やがて、怒りも収まりかけ、口調もゆるやかになってきた。

「まあねえ、部長の気持ちもわからないではないんだよ。部長にしてみれば、このプレゼンに勝って、前半の不調から抜け出し、一気に後半へ弾みをつけようと期待していたんだから。その期待が大きかっただけに……」

いままで、聞き役に回っていた妻が顔を上げて、

「あなたって、偉いのね」

と、言った。

「え？　なにが」

「あれほど部長に腹を立てていながら、それでも部長の気持ちになれるんだもん。

私にはできないわ。やっぱりあなたって、すごい人よ」

彼女は心を込めて、夫をほめたのだ。

「おい、おい、いったい、どうしたんだ」

「どうもしないわよ。本当にそう思ったから」

相手の受け取りやすい頃合いを見計らって、ほめ言葉を発信する。右の例では、ほめ言葉を期待していなかっただけに、インパクトも強くなるだろう。

次の例はどうか。

「中学生の頃です。両親が夕方まで出かけていて、私は一人で夕飯の支度をして待っていました。帰ってきた両親は私の作った料理を食べて、

『これ一人で作ったの？　上手にできてるね、とってもおいしいよ』

と、ほめてくれました」（アンケートより）

一人で親の帰りを待つのは、心細いことである。夕方といっても、冬なら暗くなっているに違いない。娘のそんな心の状態を読みとって、親の発したほめ言葉

は、心に残るものとなった。

「一人で作ったの？」

のひと言もよい。ほかに誰もいないのだから、一人に決まっているのだが、

「お前一人で、ちゃんと料理が作れるんだ、たいしたものだ」

とのほめ言葉である。

ほめ言葉を発するタイミングとして、どんなときがよいか。

●怒りが収まったとき
●待たされて、心細く思っているとき
●うまくいかなくて、落ち込んでいるとき
●物事がうまくいった瞬間

学芸会のとき、終わったあとで、

「すごく、うまかったよ！」

と、母親にほめられて、嬉しかったという経験は多くの人がしているのではないか。

●物事を始めたばかりのとき

スポーツでも習いごとでも、やり始めに、

「君、初めてなの？　やったことがないなんて、とても思えない」

などと言われたら、好スタートが切れるだろう。

具体的にほめる

どこがどのようによかったのか、具体的に伝えることだ。

「お宅のお子さん、元気でいいですね」

と、ほめたところ、相手から、こんな答えが返ってきたという。

「ウチの子が何かしましたか？」

「ウチの子が、ウチの子が」と、気にしている親も少なくない。もちろん、こんな受け取り方をしないで、

「ありがとうございます。そう言っていただけると嬉しいんですが、いたずらが過ぎないかって、心配もしているんですよ」

◉子どもをほめるときの心得

① 長所を見つける
●子どものよいところを見る目を、日頃から養っておく。

② 実感をこめる
●口先でなく、心からほめる。ほめ言葉に実感をこめる。

③ タイミングよくほめる
●うまくいったその瞬間にほめる。

④ 「ただし……」と言わない
●「算数の成績はよい。ただし、国語が下がったのでは意味がない」など。

⑤ 「頑張る姿」をほめる
●結果にこだわらず、頑張っている姿、そのプロセスをほめる。

などと応じたいものだが、ほめ方として考えた場合、「元気でいい」だけでは具体性が足りない。

例えば、

「お宅のケンちゃん、昨日、銀行の前に自転車を止めていたら、ちょうど何人かの子と一緒に通りかかって、私に気がついてくれて、『Iさんのおばさん、こんにちは』って、大きな声であいさつしてくれたんですよ。元気ないい子ですね」

このように具体的に話せば、情景が目に浮かんできて、相手も嬉しくなるだろう。

まわりの人を巻き込んでほめる

例えば、こんなほめ方である。

「『お母さんはできないことなのに、よくできるわね、すごいね』

とほめ、さらに、

『きっと、頑張り屋のお父さんに似たんだね』

と、夫のこともほめているんです」（アンケートより）

これで父親の株も、上がるというわけである。

第5章

子どもは「親の話し方」で9割変わる

●親が変われば、子どもも生まれ変わる

居心地がよくなる気軽な会話

会話はあらゆるコミュニケーションの土台

職場でも、学校でも、家庭においても、人の集まるところには、必ず会話がある。会話といっても、

●窮屈《きゅうくつ》で気づまりな会話
●表面賑やかだが、心が触れ合わない会話
●攻撃的で、非難の応酬になる会話

も、各所で見かける。

望まれるのは、気軽で心の通う会話であり、こうした会話のやりとりの中から、
「飾らない相手の姿に触れることができたり」
「お互い、知らないことがわかったり」
「言いたいことを言い合いながら、一歩手前で止める、話し方の要領を覚えたり」

など、双方ともに、得るものは少なくないのだ。会話をしない、会話が少ないというのは、職場でも家庭でも、右のような宝物を手に入れるチャンスを失うことでもある。

もう少し、大げさに言えば、会話は、あらゆるコミュニケーションの土台を支えているのである。

ありのままに振る舞う

上司、親などは、立場上、厳しいこと、立派なことを言わなければならない場合が多い。でも、会話の場ではくつろいで、ありのままの姿を見せることができる。

父が病死して、母は私と妹の三人家族の暮らしを支えていかなくてはならなくなった。

そこで、小学校の通学路に面した、小さな家を借りて、駄菓子屋を始めた。初めのうち、子どもたちが買いにきて、売れ行きは上々だった。でも、半年くらいたつと、子どもたちにあきられるようになったのか、売れ行きは下がり始めた。

母は夜になると、お茶を入れ、私と妹を呼び、おしゃべりを始めるのだが、そのとき、お店の商品であるお菓子を持ってきて、

「少しくらい、いいでしょう」

とかなんとか言いながら、食べ始める。

母は甘い物とお茶とが好物で、週に一回か二回、店のお菓子を食べたり、お茶を飲んだりしながら、お喋りをしたのだった。

結局、店は一年足らずで、やっていけなくなり、閉じてしまったが、三人での夜のお喋りが楽しかったことを憶えている。こういうときの母は、すっかりくつろいで、冗談を言ったりもして、いつもの生真面目な母とは違っていた。

会話の中で、親が子どもの頃の失敗談や、会社でのちょっとしたミスなどを、気軽に話すことで、子どもは親しみを覚える。

「お父さんって、案外そそっかしいんだね」

「あのときはね。でも、いつもは違うよ」

失敗一つしない父親は立派だが、窮屈でもある。たまには失敗したりする親の

ほうが、気軽に話ができる。子どもでも、自分の欠点を隠そうとする子より、隠さない子のほうが人に好かれる。

逃げ場を用意する

家庭では、遠慮がないため、格好をつけずに話せる半面、ちょっとしたことで感情的になって、相手を責めたり、攻撃したりしてしまう。その結果、非難の応酬となって、やり切れない気分を味わうことも少なくない。

家庭という狭い空間で、相手を追い詰めれば、逃げ場がなくなる。親子だから許される、は油断であり、甘えである。親子だからこそ、お互い相手の話に耳を傾け、「お前はわかっていない」「そんな考え、いまは通用しない」と、決めつけないようにする。主張するのにも、「私はこう考えるが、あなたはどう思うの」と、相手を追い詰めない配慮があってよい。

「また、トイレの電気、つけっぱなし。まったく、だらしないんだから」最後のひと言は余計だろう。非難には非難しか返ってこない。こうした会話環境では、子どもを「攻撃型」か「閉じこもり型」の人間にしかねない。

たまには、派手な衝突があってもよいが、普段の会話では、弱点の指摘も限度をわきまえて、ギリギリの線を踏み越えないこと。危険な水域にさしかかったら、親がさり気なく、方向転換を図ることだ。

親は子に何を伝えるべきか

世の中の厳しさを伝える

話すということは、プラスばかりでなく、ときには身の危険をまねくようなリスクを伴うこともある。何気なく言ったことでも、相手に思わぬ受け取り方をされたりする。たとえば、次のやりとり。
「『そんなの、ボクなら、簡単にできるさ』
と言ったら、父親から言われた。
『それを言ったら、友達を失うよ』」（アンケートより）

父親のひと言は彼を驚かせたのではないか。

〈自分はそんなつもりで言ったんじゃない。そんなふうにとるなんて、どうかしてる〉

と思っても、相手は相手なりの受け取り方をするのである。意味を決定するのは聞き手だからである。これは本書で繰り返し述べているコミュニケーションの原則である。

親は、この原則から、

「世の中は、思いどおりにはいかないものだ」

という現実を、子どもに伝え、わからせる必要がある。〈どうかしてる〉ではなく、それが現実なのであり、相手の受け取り方を通じて、いろいろな見方、考え方があることを知ることもできるのだ、と。

私は入社して半年目に、上司にある提案をしたことがある。結果は、

「君は何もわかってないね。こんな案は無理に決まってるじゃないか」

と、あっさり斥《しりぞ》けられた。無性《むしょう》に腹立たしかったものだが、いま思えば、確かに私は「何もわかっていなかった」のである。

あのとき、大げさに言えば、私は上司に打ちのめされたのだが、それでも耐えられたのは、五年先輩のKさんから、

「いい勉強だと思えよ。こんなことで、へこたれるようじゃ、どこへ行っても勤まらないよ」

と、言われたからでもあった。

いま、大学まで卒業した若者が、就職して半年もしないうちに、会社をやめる例が少なくない。理由として挙げられるのが、

「上司に理不尽なことを言われた」

「職場の先輩たちが冷たい」

など、自分の思いどおりにならない現実への〝抵抗力のなさ〟である。

もちろん、大人になるまでに、「自分本位の甘えた考え方」から卒業できなかった本人に責任はあるが、子どもに現実の厳しさを伝え、わからせてこなかった

という点で、親にも責任はある。

何をするにしても、自分と経験も考え方も利害も異なる相手がいて、その相手とコミュニケーションを取っていく、すなわち、あるときは折れ、あるときは押し切るなどして折り合いをつけていく――社会で生きていくには、その力を身につけていかねばならない。

親の仕事とは、子どもがそうした能力を身につけられるように、アドバイスすることだ、と言ってもよいだろう。

人とうまく折り合いをつけていく能力、つまり「社会化能力」は、人間が生きていく上でもっとも大事なものである。この能力は、有名大学を優秀な成績で卒業しただけで、身につくものではない。親がその大切さに気づき、自ら範を示して伝え、教えていくのが、なによりである。

方法の第一としては、子どもの言動をその場でとらえて、気づかせること。

「ボクなら、簡単にできるさ」のひと言が発散する、〈ボクはちょっと違うんだ〉という、思い上がった雰囲気を見逃さずにとらえて、そのような雰囲気が相手をいかに不快にさせるかを、「友達を失うよ」のひと言で伝えた父親のやり方が、第一の方法の見本になる。

第二の方法は、やってみせるというやり方だ。親と外出した際、家では見せない姿を目にしたりすると、それは子どもにとって、いつまでも印象に残るものである。

「父がクルマを一時停止して車外に出ていたときに、ほかのクルマからクラクションを鳴らされました。それに気がついて、慌てて駆け寄ってきた父は大きな声で、『本当にすみませんでした！』と深々と頭を下げました。普段、家で謝っている父親の姿など見たことがなかったので、その態度に驚くとともに、いさぎよさに『すごいな』と思いました」（アンケートより）

日頃は、家では飄々《ひょうひょう》としていても、いざとなると、本気で事態の収拾にあたる。ここから子どもは学びとるのだ。

とはいえ、親自身も、思いどおりいかない現実の前に、立ちすくんだり、逃げたり、判断を誤ったりすることが、しばしばである。そのように、弱くて不完全な自分であることを隠したくもなる。強がりを言って、子どもを押さえつけようとする親も、いないとは言い切れない。

一方、子どもにしても、学校生活で、思いどおりにならない現実にしばしば直面する。中でもよくあるのが、「いじめ」である。いじめにあった場合、子どものとる態度は「親に隠す」「親に助けを求める」「自分で対処する」などだろうが、親としては、「早く気づくこと」「子どもの味方になること」ができなくてはならないが、子どもが自分で解決していくのをみて、教えられることも多いに違いない。

子どもに相談する、子どもから学ぶ親の姿は、子どもにとっても、よい刺激になるだろう。

言葉づかいは〝注意されつつ〟覚えるもの

大きい声が出せる子に

幼児の頃は、大声で泣き、大きい声で言葉を発していたのに、だんだん年齢が上がるにつれて、声が小さくなる子どもがいる。いまの若い人も、全般的に声が小さい。

声に張りがあるのは、それだけで一つの力になる。子どもは大きい声が出せるようでありたい。といって、劇団に入れて、発声練習をさせることはない。子どもたちは、声を出そうと思えば出せるのだ。

欧米では、こうしてほしいとの相手への要求は、声に出してはっきり表現することが求められる。ところが、日本では親が子どもの要求を先取りして、

「そう、ブランコに乗りたいの。ママが言ってあげる」

と、代わりに言ってしまう。

話し方や言葉づかいは、実際に自分で喋りながら身につけていくものである。人に話そうとすれば、うまく言えるかどうか不安になるし、緊張もする。声がふるえて、きちんと出ないかもしれない。

そうした不安と緊張を体験し、場数をふむことで乗り越えてこそ、話し方は身につくのである。親は子どもが話す機会をつくってやり、話し始めたらアドバイスをする。

声が小さかったら、

「もう少し大きい声を出そうね。ほら、あそこにいるお姉ちゃんに届くように」

と、言ってやればよい。

言葉づかいはその場で教える

いくつかの言葉を単語として示して、そんな言葉は使うべきではないと教えても、実感に乏しいのではなかろうか。

反抗期に、女子中学生が「お前」とか「うるせー」とか口にする。口にした瞬間をとらえて、注意するほうがピンとくるし、効果的だ。

「反抗期に、母のことを『お前』と呼び、父にすごく叱られた」

「反抗期の頃で、母親に対して『うるせー』と言って、にらんで、舌打ちしたとき、父親がとても怒った」（アンケートより）

その言葉を使った瞬間に、父親が強く叱る。父の強い叱責が、この場合、生きるのである。

「そんな言葉を使うんじゃない！」

と、厳しく言い渡せばよい。父親に、

「ご苦労さま」

と言ったら、即座に「お前に言われたくない」と叱られ、続いて、

「その言葉は、目上の人に使うものではない」

と、教わった人もいる。

このように、言葉づかいは、その都度注意されて覚えていくものである。

あいさつができる子は人に好かれる

はっきりと大きな声であいさつできる子どもは、人に好かれる。あいさつされる側は実に感じがよい。思わず立ち止まって、あいさつを返してしまう。ところが、道行く他人とぶつかっても、何も言わない。知っている人に会っても無視する。こんな子どもを時折、見かける。中には、こちらから、

「お早う」

と、声をかけても、知らん顔で行ってしまう子どももいる。とはいえ、子どもだけではない。大人にも、あいさつしない人は少なくない。子どもは大人の真似をして育つ。大人があいさつをしてこそ、子どももあいさつができるようになることは、いまさら言うまでもない話だから、まず大人から始めるべきだろう。

あいさつのできる子どもは、環境への適応が早い。相手の中に溶け込んでいく力を持っている。この力は、生きていくうえで大切なものである。

大学を優秀な成績で卒業しても、「あいさつひとつ満足にできない」と言われ、本人も新しい環境に馴染めずに、ストレスを抱え込む。このようなケースでは、職場自体にも問題はあるのだろうが、状況に応じてあいさつできるような力を身につけてこなかった当人自身の問題でもあることは、承知しておかなくてはならない。

会話ができる子どもに

性格にもよるが、環境の影響も強い。人と会話をする能力は、人と話す機会の多い環境によって、養われるようだ。

小学一年生までの私は、無口で引っ込み思案だった。二年生になり、東京の世田谷から、山梨県の酒折に疎開をして、環境が一変した。

疎開先の家は一階の表通りに面したところで、飲食店を営んでいた。家族も老夫婦と、その息子夫婦の四人で、中でも祖母が賑やかな人で、よく喋る。私にもしきりに話しかけてきた。

買い物に私を連れて行ったり、裏の田圃で、どじょうを取っている子どもたちのところへ連れて行き、仲間入りをさせてくれたりした。息子のお嫁さんも明るい人で、いつも笑い声をたてていた。お店で接客をしていたが、学校から帰ってきた私を呼んで、客の前に立たせては、こう言った。

「東京から疎開してきたんだよ、この子。さあ、自己紹介しなさい」

いろいろな人と話す機会がいっぺんに増えて、引っ込み思案などと言ってはいられなくなった。

子どもに人と会話をする力を身につけさせる手っ取り早い方法は、大人の集まる場所に子どもを連れていくことだ。

　ある母親は銭湯に行くたびに男の子を連れて行った。いつの間にか、男の子は風呂にくる大人たちと〝風呂友〟になって、会話を交わすようになったそうである。親は子どもが話せる機会をつくればよいのである。親も、子どもと一緒に、会話力を磨いていくことができる。

〝親のエゴ〟が強いと、子どもの真の姿がつかめない

子どもの自慢をする親

　誰でも、自分の子は可愛い。だから、つい、他人に自慢をしたくなる。

「この絵なんですがね。学校のコンクールで、金賞をとったんですよ、ウチの息子が。よく描けてるでしょ。将来、美大にでも入ったらいいじゃないかって思うんですがね」

　嬉しそうに、こんなことを話す親の姿を見ていると、微笑ましくもなる。

ある男性は、なにかのことで会社で表彰され、そのときの写真を父親が持っていて、家に人がくると、写真を見せながら自慢していた姿が、いまでも思い出されるという。とはいえ、度がすぎると、本人も困惑するし、聞かされる者も、〈勘弁してよ〉と言いたくなる。

「ウチの長女なんだけどね。怠け者で全然勉強しないのに、一発でT大学に合格しちゃってねえ。司法試験を受けて、弁護士にでもなろうかしらなんて、言ってるんだよ。あいつなら、簡単に受かるんじゃないかね。頭がいいんだよね、誰に似たのかねえ」

こんな話を聞かされると、

〈少なくとも、あなた似じゃないよね〉

などと、からかいたくなってくる。

「親の欲目」という言葉がある。欲目とは、「自分に都合のいいように、実際よりよく見てしまうこと」である。この場合、子どものためでなく、自分に都合よく解釈してしまうところに問題がある。自慢が度を越すのも、「親の欲目」が引き金となる。

親は、どんなときでも子どもの味方であり、子どもを信じなくてはならない。そうであるからこそ、子どもの気持ちも理解できる。とはいえ、親のエゴが強くなって、子どもに過大な期待を抱いたり、親の都合を押しつけたりするようでは、子どもを冷静な目で見られなくなる。

「子どもの頃から必要以上に外見を気にする私に、母は、

『人間見た目じゃない、中身だ』

と、よく諭《さと》していました。

ある日、それなりの年頃になった私は、夜中に起きて偶然聞いてしまったのですが、父が母に、

『あの子は可哀想だ』

と、相談していました。何が可哀想って、

『女の子なのにブサイクに生まれて、これから苦労するぞ』と。

親の欲目はいつまでも有効ではないのだな、と悟ったとともに、父の冷静で公

平な物の見方に感心した夜でした」（アンケートより）

親の欲目は子どもにとって、ありがたい場合もあるだろう。でも、いつまでもそれに頼ったり甘えていたのでは、自分を客観視できなくなる。そうでなくても、人間、自分のことがよくわからないのだから……。

夜中に偶然聞いてしまった父親のひと言を、彼女もまた、冷静に受けとめられたのは、父親が自分を本当に大切に思っていてくれるのだと、実感できたからではなかろうか。

親の欲目から自由になることは容易ではないし、ときには子どもを守る働きもする。とはいえ、親の欲目をつき放して、「冷静で公平な目」で、わが子を見ることが可能ならば、子どもにも、自分を知るきっかけを与えられる。

「親バカ」と「モンスター・ペアレント」の違い

発明王、トーマス・エジソンにこんなエピソードが残っている。エジソンとその母と言ったほうが正確だろう。

エジソンは子どもの頃から、人一倍好奇心が強かったそうである。大人をつかまえては、

「空はなぜ青いの？」

「風はどこから吹いてくるの？」

と次々と質問して、困らせた。

学校に入ってからも、旺盛な好奇心は消えなかった。しかし、成績は悪く、先生に何度となく叱られた。ついには、

「お前の頭はくさっている」

と言われて、退学を命じられた。

エジソンの母、ナンシーは先生のところへ行き、

「あなたの考えは間違っています。この子は素晴らしい好奇心の持ち主です」

と、エジソンをかばった。

技術者としての道を歩み出したエジソンは、こう考えた。

「母は私を信頼してくれた。その信頼に応えるためにも、自分が価値ある人間であることを社会に示そう」

彼の努力――発明は九十九パーセントの汗と一パーセントの閃《ひらめ》きにすぎない、という有名なひと言――の源泉がここにある。

偉人のエピソードには、「ちょっとできすぎ」の感もあるが、それでも、この話から、子どもを信じる親の気持ちが伝わってくる。

子どもを信じることと、親の欲目から相手に勝手な要求を押しつけることとは異なる。両者の間にはっきりした線を引くことなどできないが、親の欲目に目がくらんだ不当な要求となると、明らかに違いはある。

自分の子どものことしか考えないで、悪いのは「よその子」であり、「学校の先生」であると決めつけて、不当な要求を学校に向けて突きつける親のことを、「モンスター・ペアレント」

と名づけたのは、要求がエスカレートして過激になってきたからだろう。先生も過激な要求から身を守ろうと言い訳に走り、肝心の子どもを守り、大切にする態度が行方不明になってしまっている。

子どもを大切にするというのであれば、親としては、「自分の子どもを信じる」ことと、「他人への要求が自子中心の身勝手なものになっていないか吟味する」点とをあわせ持っていなければならない。

大人になる前は、みんな子どもだった！

当たり前な話だが、大人はみな、かつては子どもだった。そして、子どもの頃、大人とどんなコミュニケーションの取り方をしたのか。それがいまの自分にあらわれているのだ。

先日、テレビを見ていたら、若い女性とキャスターとのやりとりが映し出されていた。

「私って、男性とつき合っても、長続きしないんですよね」

「長続きしない、それはまた、どうしてだろう。すぐ飽きちゃうの？」

「どうしてかなァ、うーん。あの、なんでかなァ、わかんないんですよ、うん」

なぜ長続きしないのか、彼女の話し振りはまったく要領を得なかった。

最近、若い人の中には、言いたいことがうまく言えない、言ってもさっぱり要領を得ないという人が少なくない。

小さい頃、親と向き合って、きちんとコミュニケーションを取らなかったツケが回ってきているように思えてならない。親が、子どもと、しっかりコミュニケーションを取っていなかったとも言える。

知り合いの女性から、こんな話を聞いた。彼女が山奥の温泉に行ったときのことだ。

朝、風呂に入ろうと、浴場のドアを開けると、若い母親と四歳くらいの男の子が浴槽に浸《つ》かっていた。近づいて、

「お早よう」

と、男の子に声をかけると、ブクブクと湯の中に顔をうずめてしまった。母親は、

「仕様がない子、照れてるんです」

と笑いながら言い、間もなく親子は湯から出て、洗い場に行った。

見ていると、母親が男の子に話しかけている。

「頭を洗おうか、いいかな」

「うん、いいよ」

「じゃ、お湯をかけるわね」

「うん」

「シャンプーで頭をアワアワにしてもいい？」

「いいよ、ボク、アワアワ好きだもん」

二人のやりとりを聞きながら、彼女は内心、〈なるほどな〉と感心した。母親は一つひとつ、子どもに問いかけ、話させているのだった。

ともすると、「さァ、頭洗うから、こっち向いて。早く」などと、一方的に言ってしまいがちだが、話しかけ、子どもの意思を確認するやり方を見て、これなら、子どもも自分の思いをちゃんと話せるようになるだろう、と思ったそうだ。

そして、ひと言。

「とてもいい光景でした」

いま、大人であるあなたは、子どもとどんなコミュニケーションの取り方をしているだろうか。また、かつて子どもだった頃、親とどんな話をしたのだろうか。

そこで、「親と子のコミュニケーション」に関するアンケートを掲載しておくので、あなたも、もしよろしかったら、答えを書き込んでみてはいかがだろう。自分を振り返ったり、新たな自分に気づいたり、思いがけない発見が得られたり……できるかもしれないから。

アンケート「親と子のコミュニケーション」

下記の項目についてお答えください。

Q1. 親あるいは子どもに言われたことで、印象に残っているひと言について教えてください。
●嬉しかったひと言
●悲しかったひと言

Q2. 親に叱られたときのことで、いまでも思い出すことを教えてください。

Q3. 親にほめられたときのことで、いまでも思い出すことを教えてください。

Q4. 自分の親、自分の子どもと会話するとき、どんなことを心がけて（注意をして）いますか？

Q5. 母親から受けた影響で、一番大きいと思われることは何ですか？

Q6. 父親から受けた影響で、一番大きいと思われることは何ですか？

Q7. 親に言葉づかいや、口のきき方（話し方）を教わったことはありますか？　内容も教えてください。

Q8. 親の言葉づかいや話し方で気になったこと、直してほしいと思ったことはありますか？

Q9. 親が肉親以外の人と会話している場面や対応を見て、どのように思いましたか？

Q10. いまの子どもたちを見て、話し方や態度、振る舞いで印象に残ったところを教えてください。

Q11. 親の口グセ、好んで使う言葉、よく聞かされたひと言などありましたら、教えてください。

Q12. 親あるいは子どもの、あのとき、あのひと言がなかったら、自分はこうだった、というエピソードがあれば、教えてください。

コスミック・知恵の実文庫

子《こ》どもは「話《はな》し方《かた》」で9割《わり》変《か》わる

【著 者】
福田《ふくだ》　健《たけし》

【発行者】
杉原葉子

【発 行】
株式会社コスミック出版
〒154-0002 東京都世田谷区下馬 6-15-4
代表　TEL.03(5432)7081
営業　TEL.03(5432)7084
　　　FAX.03(5432)7088
編集　TEL.03(3418)4620
　　　FAX.03(5432)7090

【ホームページ】
http://www.cosmicpub.com/

【振替口座】
00110-8-611382

【印刷／製本】
中央精版印刷株式会社

乱丁・落丁本は、小社へ直接お送り下さい。郵送料小社負担にて
お取り替え致します。定価はカバーに表示してあります。